KB054628

그때,
우리
할머니

그때, 우리 할머니

초판 1쇄 발행 2016년 12월 12일
초판 5쇄 발행 2019년 10월 10일

글 정숙진, 윤여준

펴낸이 윤동희

편집 김민채, 황유정
디자인 위앤드
제작처 교보피앤비

펴낸곳 (주)북노마드
출판등록 2011년 12월 28일 제406-2011-000152호

주소 08012 서울특별시 양천구 목동서로 280 1층 102호
전화 02-322-2905
팩스 02-326-2905

전자우편 booknomad@naver.com
페이스북 /booknomad
인스타그램 @booknomadbooks
트위터 @booknomadbooks

ISBN 979.11.86561.35.5 03810

- 이 도서의 국립중앙도서관 출판예정도서목록(CIP)은 서지정보유통지원시스템
홈페이지(http://seoji.nl.go.kr)와 국가자료공동목록시스템(http://www.nl.go.kr/kolisnet)에서
이용하실 수 있습니다.(CIP 제어번호:CIP2016028401)

www.booknomad.co.kr

그때, 우리 할머니

25세 손녀가 그린
89세 할머니의 시간

정숙진 윤여준 지음

북노마드

할머니의 글

나는 89세의 할머니다.

일제강점기 때 태어나 일제하에서 청소년기를 보냈고 경기여자고등학교 졸업반 때 8.15 해방을 맞았다. 이화여자대학교 가정학과를 졸업하고 한 달도 되지 않아 6.25를 만나고, 9.28 수복, 1.4 후퇴, 대구에서의 피난 체험 등 이 나라의 격변을 직접 체험한 산증인이다.

영화 〈국제시장〉에서 피난민들이 기차 위에 올라타는 장면, 등에 짐을 지고 머리에 짐을 이고 쫓기듯 달리는 광경을 볼 때, 내 눈시울은 뜨거워졌다. 우리 가족 역시 그 장면 속에 있었기 때문이다. 6.25로 인해 나는 큰 오라버니와 큰 형부를 잃었고, 미국 유학을 다녀와 신여성으로서 사회 진출을 계획했던 젊은 날의 꿈도 포기해야 했다. 6.25가 나의 인생을 180도 바꾸어놓은 것이다.

내가 88세가 되던 지난해, 외손녀 여준이가 할머니의 어린 시절과 학창 시절, 신혼 시절 등 살아온 삶의 얘기를 듣고 미술작품과 글로 기록하고 싶다고 말했다. 처음에는 망설였다. 구순을 앞둔 나이인데 머릿속에 무슨 기억이 남아 있을까? 뇌세포는 하나하나 죽어가고 있는데. 자신은 없었지만 용기 내어 인터뷰를 승낙했다. 그렇게 나는 88년 전으로 돌아가 두서없이 생각나는 대로 여준이에게 이야기를 들려주었다. 그리고 그 이야기가 모여 이렇게 한 권의 책으로 나오게 됐다. 이를 계기로 잊고 있었던 나의 지난 삶을 되돌아볼 수 있어서 감회가 새로웠다. 의사였던 아버지 덕택에 참으로 어려움 없이 자랐고, 따뜻한 남편의 보호 아래 철없이 살았다.

이제야 나의 눈으로 세상을 바라보기 시작한 인생이건만 몸이 내 맘 같지 않아 서글프다. 존경을 받고 감동을 줄 만한 이야깃거리가 없는 것도 부끄럽고 아쉽다.

'그러나 지금 나는 행복하다!'

어느 날 가족들과 같이 이야기를 나누다가 막내딸 수경이가 "엄마는 언제가 가장 행복했어요?"라고 물어보았다. 나는 주저 없이 "지금이 가장 행복해!"라고 말했다. 실제로 나는 요즘이 가장 평화롭고 행복하다. 피난 시절 함께 대전여고 선생을 하면서 만난 나의 남편 구본정 선생과의 결혼생활은 회혼回婚을 넘기고도 4년이라는 세월이 흘렀다.

결혼식 때 이철경 선생님이 우리 부부를 위해 이렇게 축사를 해주셨다. '파도가 없는, 햇빛이 아름답게 반사되는 잔잔한 호수와도 같은 결혼생활을 누리길 바란다'라고. 우리는 선생님의 축사처럼 살아온 것 같다.

행복은 환경도 아니요, 남이 주는 것도 아니요, 바로 내 마음속에 있는 것이다. 특히 하나님을 만나며 나의 삶은 더욱 행복해졌다. 지금도 여전히 서로 아끼고 보듬어주고 이해하고 사랑하며 매일 저녁 잠자리에 들 때마다 오늘도 '행복했습니다', '감사합니다' 기도를 드린다.

남편과 함께 서로가 늘 "고마워!"라는 말을 입에 달고 살며 모든 것을 긍정적으로 이해하는 일상이 삶의 어려운 고비 고비를 넘기는 원동력이 되곤 했다.
나는 남편을 연인처럼 남매처럼 친구처럼 생각하며 말도 행동도 아끼지 않고 사랑하며 살아왔다. 지금도 외출 전 현관에서의 스킨십은 일상생활이다.

89세 동갑인 남편과 나는 노년을 두려워하지 않는다.
어느 날, 십여 년을 단골로 다니는 생선 가게 아저씨가 나에게 이렇게 묻는 일이 있었다. "어르신, 연세가 어찌 되시는지 여쭈어봐도 될까요? 저는 한 번도 어르신의 맨 얼굴을 뵌 적이 없어요. 옷맵시도 남다르시고요."
사실 나는 나이를 의식하지 않고 살아왔다. 화장하는 것도 옷 입는 것도 단정하게 차리기를 즐겼다. 70세가 넘으면서 아침에 눈을 뜨면 스트레칭하고 일어난다. 길을 걸을 때도 보도블록 하나하나 똑바로 밟고 걷는다. 그 결과, 꼿꼿한 허리와 젊은 마음, 그리고 건강을 유지할 수 있었다.
늙었다고 포기하지 말고 지혜롭게 살아야 한다. 우리는 나름대로 열심히 살아왔고, 또 우리의 끝에는 아름다운 하늘나라가 있기에 노년이 두렵지 않다. 인생이란 기다림 속에서 사랑하고 소망하며 사는 것이니.

마지막으로 지난 생일 날 며느리 규현이가 선물한
요한 크리스토프 아놀드의 『나이 드는 내가 좋다』라는
책에 실린 헨리 롱펠로의 시로써 내 마음을 대신하고 싶다.

노년도 청춘 못지않은 기회이니
청춘과 조금 다른 옷을 입었을 뿐
저녁노을이 희미하게 사라지면
낮에 없던 별들이 하늘을 채우네.

사랑하는 손녀 여준아! 너로 인해 나의 삶을
되돌아볼 수 있어서 즐겁고 행복했다. 나의 과거가 너의
손길을 통해 그림과 글로 되살아나 많은 사람들에게
다가갈 수 있게 해줘서 고맙다. 앞으로 더욱 성장하는
모습을 보고 싶구나. 나는 지금도 네가 자랑스럽다!

2016년 가을,
할머니 정숙진

손녀의 글

내겐 89세의 외할머니가 있다. 그녀의 이름은 정숙진, 아흔을 바라보는 연세이지만 매일 남편을 위한 삼시 세 끼를 준비하고, 자녀들의 작은 선물에 어린아이처럼 좋아하며, 날씨 좋은 날 남편과의 드라이브를 즐기는 사랑스러운 여자이다.

귀여운 나의 할머니, 정숙진 여사는 종종 가족 모임에서 본인의 이야기를 풀어놓곤 하였다. 깊은 밤에 듣는 할머니의 이야기는 가족들의 눈시울을 적시기도 하고 깔깔 웃음을 자아내기도 했다. 가족들은 그녀의 이야기를 들으며 이 흥미로운 이야기들을 기록해야 한다고 의견을 모았지만, 막상 실행으로 옮기는 것은 이번 책을 준비하며 처음으로 이루어졌다.

가족을 모두 매료시킨 할머니의 이야기는 사실 대단한 이야기는 아니다. 하지만 대단하지 않은 이야기가 그 어떤 대단한 영화보다도 나의 가슴을 저미게 하였다.
왜일까.

할머니의 이야기 속에는 내가 있었다. 사실 할머니의 이야기라고 하면 진부한 '옛날이야기'가 떠오르기 마련이다. 나 또한 옛날 옛적의 이야기라고 생각하며 할머니의 이야기를 듣게 됐지만 그 속에는 현재의 내가 있었다.
뿐만 아니라 과거의 나도, 미래의 나도 있었다.
어느 날 들은 할머니와 할아버지의 연애 이야기 속에서 나의 연애를 찾기도 했고, 대학 시절 고민을 들으며 어제의 근심을 떠올리기도 했다. 또한 할머니의 어린 시절 철없는 이야기에 어린 나의 모습이 생각나 '내가 할머니를 닮았구나' 하며 웃음 짓기도 했고, 할머니의 결혼 후 이야기에 나의 미래는 어떻게 될지 상상해보기도 했다. 할머니의 이야기는 단순히 80여 년 전 옛날이야기가 아니다. 우리보다 조금 빨리 이 세상을 살고 있는 한 여성의 삶의 기억이다.
그녀의 이야기는 현재 나의 고민을 해결하기도, 과거의 나를 떠올리게도, 미래의 나를 기대하게도 하였다.
그래서인지 나는 그녀의 이야기를 들을 때면 때론 웃음이,

때론 눈물이 터지곤 한다.

또한 할머니의 이야기 속에는 역사가 있다. 그녀의 이야기 속에는 우리가 알지 못했던 역사의 또다른 모습이 담겨 있다. 우리가 떠올리는 역사는 미디어가 만들어낸 이미지가 대부분이다. 한국전쟁을 떠올리면 영화 〈태극기 휘날리며〉 속의 일촉즉발의 전쟁 장면이 떠오르지만, 나의 할머니, 정숙진이라는 여성이 기억하는 한국전쟁은 그녀의 꿈이 좌절된 순간이자, 큰 오라버니와 큰 형부의 목숨을 앗아간 사건이며, 그녀의 인생 동반자를 만나게 해준 계기이다. 나는 이러한 개인의 시선에서 바라보는 역사의 새로운 모습이 흥미로웠다. 그녀의 이야기는 우리의 역사를 보여주고, 그 역사는 그동안 교과서와 영화, 드라마를 통해 알게 된 것과는 또다른 내용을 담고 있다. 나아가 그녀가 전해주는 지난날의 이야기는 그동안 내게 큰 공감을 자아내지 못했던 과거의 사건들에 나를 더욱 가까이 데려가주었다.

이렇게 나는 할머니의 이야기를 사랑하게 되었으며, 그녀의 이야기를 책으로 엮고 싶었다. 할머니가 어린

시절 그녀의 집 계단 개수를 잊으시기 전에, 수시간 동안 진행되는 인터뷰에도 또다른 질문은 없느냐며 함께 이야기를 즐기실 수 있을 때, 그녀의 이야기를 기록해야 했다. 그래서 그녀의 이야기를 짤막하게 적어 출판사에 보내게 되었고, 감사하게도 출판사 북노마드의 흔쾌한 수락에 『그때, 우리 할머니』를 출간할 수 있었다.

일 년을 준비한 나와 할머니의 책은 세상에 나오게 되었다. 그간의 노력이 좋은 결실을 맺을 수 있다는 것만으로도 무척 기쁘지만, 무엇보다 할머니와 함께했던 일 년이라는 시간이 가슴을 뭉클하게 만든다. 그동안 나는 할머니 할아버지를 좋아하면서도, 무뚝뚝한 성격으로 5분 이상 통화를 하지도 못하던 무심한 손녀였다. 하지만 지난 일 년간 인터뷰를 핑계로 자주 통화를 하고 종종 혼자서도 할머니 댁을 찾아갔고, 이제야 비로소 할머니 할아버지께 마음을 표현할 수 있는 손녀가 되었다.

얼마 전, 할머니께서 이런 질문을 하셨다.
'이 책이 다른 사람들한테도 재미있을까? 책으로 나올 만한 이야기들이니?' 글쎄, 잘 모르겠다. 나에게는 너무나 소중한

이 이야기들이 다른 사람들에게도 소중할 수 있을지. 하지만 작은 바람은 있다. 그저 이 책을 읽고 있는 당신이 책을 덮은 후, 당신의 할머니가 혹은 당신의 어머니가 처음부터 할머니, 그리고 어머니가 아니었음을, 그녀들도 우리와 똑같이 소중한 인생사를 지니고 있음을 생각해볼 수 있다면 감사할 것이다. 그리고 그녀들에게 전화 한 통 걸고 싶은 마음이 생겼다면 그걸로 좋다.

책을 마무리하며, 이 마지막 글을 쓰는 동안 몇 번이고 눈물이 차올랐다. 집으로 향하며 할머니께 전화를 드려야겠다.

'여보세요? 할머니! 잘 지내셨어요?'

2016년 가을
동네의 한 카페에서,
손녀 여준

차례

촐랑
촐랑

1928-1942

어린시절,

보통학교 다닐 적에

내가 "그거 점이야!" 그랬더니 깔깔 웃더라

할머니가 갓난아이일 때 일이야. 조금 커서 얘기를 전해 들었지. 유모가 할머니를 목욕시키는데 오른쪽 귀 뒤쪽에 검고 푸르스름한 게 보여서 때가 있는 줄 알고 빡빡 문질렀대. 그랬더니 애가 소스라치며 크게 울더래. 아파서 우는 거지. 깜짝 놀라서 자세히 봤더니 점이었다고 하더라. 너희 엄마도 할머니 귀 뒤에 점이 있는 것을 아는지 모르겠다. 자세히 보지 않으면 안 보이거든.

60세가 가까워지면서 흰머리가 생겨 머리를 염색하기 시작했어. 어느 날 교회에서 친구와 함께 나오는데, 어떤 분이 "권사님 귀에도 염색했네" 하시는 거야. 그래서 내가 "그거 점이야!" 그랬더니 깔깔 웃더라. 언제부터인가 점을 가리기 위해 단발머리를 했었어. 그래서인지 오래전에 부산에서 만난 한 총각은 할머니를 '단발머리 할머니'라며 별명을 붙여주기도 했단다.

그때 무슨 기도를 했는지도 몰라
흉내만 냈겠지

어렸을 때 우리 집 근처에 가명성당[1]이 있었어.
거기가 지금도 있어. 그 성당에 부설 유치원이 있었는데
그땐 그렇게 성당 부설 유치원만 우리나라에 몇 개 있었지.
내가 그 가명성당의 부설 유치원을 다녔었거든.
근데 거기가 아주 높은 언덕 위에 있었어. 그래서 유치원
갈 때는 그 언덕을 뛰어 올라가는 거야. 뛰어 올라가면
제일 먼저 성당에 쏙 먼저 들어갔어. 가서 성호경 십자가를
긋고서 눈 꼭 감고 기도를 하는 거야. 그때 무슨 기도를
했는지도 몰라. 흉내만 냈겠지. 그러고 나면 유치원 선생님,
수녀님이 밖에 계셔. 기도하고 나가 수녀님께 가면
수녀님께서 치마폭으로 한 명씩 꼭 안아주셨어.
'아이고 숙진이 왔니~' 하시면서. 그때 그렇게 귀여워
해주셨던 게 아직도 기억이 나.

1 현재의 약현성당(서울 중구 중림로 27). 약현성당 내
가명유치원은 현재도 운영중이다.

불란서 인형

관립미동 보통학교[2] 다닐 적 일이야. 각 반 교실마다 담임선생님이 꼭 심부름 시키는 애가 한 명씩 있잖아. 교무실에 간다든지 다른 반에 간다든지. 그런 것을 내가 맡아 놓고 했어. 꼭 날 시키시니까 그냥. 그때 교무실로 심부름을 가면 교무실 선생님들이 '아이고 우리 불란서 인형 왔다' 하며 안아주시고 그랬었지. 내가 불란서 인형처럼 눈도 크고 희었나……. 그때부터 별명이 불란서 인형이 된 거야. 그 뒤로는 옆에 남자 교실에 심부름 가면 남자애들이 '야아아~ 불란서 인형 왔다!!' 하고 소리 지르고 그랬어. 그때는 남녀 분반이었거든. 1, 2반은 남자, 3, 4반은 여자 그렇게 두 반씩 나누어져 있었지.

2 현재의 초등학교.

학예회

몰라, 내 목소리가 좋았었나? 모르겠어. 근데 보통학교
다니면서 학예회 때 한 번을 안 빠지고 독창을 했어.
요즘에도 초등학교는 1년에 한 번씩 학예회를 하잖아.
그걸 1학년부터 6학년까지 무조건 나가서 독창을
했으니까. 그때는 또 다 일본 노래를 불렀어.
내가 매번 독창을 해서 그랬는지 보통학교 동창들은 내가
이대 갔을 적에 음대를 간 줄 알았다 하더라고. 호호.

집에서는 '꼬마야 꼬마야' 그렇게 불렀어

서대문에 관립미동 보통학교가 있고, 서대문 지나서 서소문으로 가는 쪽에 배재고등학교가 있었어. 그때 둘째 오라버니랑 큰댁 조카가 배재고등학교를 다녔어. 그러니 아침에 학교 갈 때는 우리 오라버니, 큰집 조카, 그리고 나 이렇게 세 명이서 같이 가는 거야. 오라버니들께서 등교하실 때 나를 꼭 데려가셨어. 그럼 앞에 오빠 두 분이 가시고 난 란도셀(책가방)을 등에 메고 뒤에 촐랑촐랑 따라 가는 거야. 항상 우리 보통학교 앞에까지 같이 가셔서 나 들어가는 모습을 지켜보고 가시고 그랬지. 오빠하고 내가 11살 차이니까. 집에서는 '꼬마야, 꼬마야.' 그렇게 불렀어. 꼬마가 집에서 할머니 별명이었단다.

떡볶이가 남아 있기를 기다렸다가 달려가 먹는 것,

그런 작은 일들이 그때의 행복이었지

너는 할머니가 해준 떡볶이 안 먹어봤지? 네 엄마는 아주 좋아했던 음식인데. 우리 어머니가 음식을 아주 잘하셨어. 그리고 그때는 아버지 손님이 자주 집에 왔었고. 그 시절은 집에 손님이 오면 음식 하나하나를 다 집에서 만들어 대접해야 했던 때야. 그래서 어머니께서 약과나 전과부터 신선로까지 모두 집에서 만드셨지. 아주 화려하게. 어머니께서는 항상 그렇게 진수성찬을 만들어서 손님상으로 내놓으셨어. 나는 그러면 뒤에서 손님들이 다 잡수고 가시기만을 기다려. 가신 후에는 남은 음식을 먹을 수 있으니까. 할머니는 그중에서도 궁중떡볶이가 그렇게 좋더라고. 잡채니, 고기니 다른 음식이 아주 많았는데, 그보다도 꼭 궁중떡볶이가 먹고 싶었어. 그래서 손님 오시는 날에는 궁중떡볶이가 남아 있기를 기다렸다 달려가 먹는 것, 그런 작은 일들이 그때의 행복이었지.

난 매일 촐랑촐랑 쫓아다니고 했었지

어머니께서 외출 나가실 때면 나를 꼭 데리고 다니셨어. 나 어릴 적에는 오빠, 언니들은 모두 컸을 때니까. 네 증조할머니 가는 곳에는 만날 쫓아다녔어. 그래서 시장에도 자주 따라가고 그랬지. 그때는 고기 파는 곳을 '육간'이라고 불렀어. 지금으로 말하자면 정육점. 어머니와 함께 육간에 가서 고기를 몇 근씩 이만큼 많이 사는 거야. 우린 식구가 많으니까. 또, 포목점이라고 옷 만드는 곳이 있었어. 거기에 옷감 뜨러 가실 때에도 난 매일 촐랑촐랑 쫓아다니고 했었지. 재밌었어. 어머니 따라 시장에, 상가에 나와서 이것저것 구경하는 거.

씨앗

카· 寫眞
사진
사진

32 33

의사는 인력거를 타고 환자가 있는 곳으로 가고,

보호자는 옆에서 같이 뛰어가고 했었지

할머니 어릴 적에 아버지를 생각하면, 항상 바쁘셨던 기억이 있어. 병원에서도 바쁘셨고, 아픈 사람들 집에 방문해서 진료하러 가는 '왕진'도 자주 다니셨어. 특히 옛날에는 응급차니 그런 것이 없으니까 대신 왕진이 있던 거지, 지금으로 말하자면 방문 진료 같은 거야.
옛날에는 아픈 사람을 병원까지 옮길 수 있는 수단이 전혀 없었으니까 움직이지 못하는 환자는 의사를 집으로 불러서 진료 받고 했었거든. 그 당시에는 또 자동차도 없어서 아픈 사람이 있으면 의사를 인력거로 모시러 오고 그랬어. 그래서 의사는 인력거를 타고 환자가 있는 곳으로 가고, 보호자는 옆에서 같이 뛰어가고 했었지. 어렸을 적에는 그것이 그렇게 멋있어 보이더라고.
그래서 아직도 아버지를 생각하면 왕진을 나가시던 모습과, 왕진을 기다리며 병원 밖에 인력거들이 대기하고 있었던 기억이 생생해.

뒤숭숭

1942-1945

고등학교 입학부터
해방까지

국어 상용

할머니는 지금으로 말하면 초등학교 3학년까지만 조선어라고 해서 우리말을 배웠어. 조선어. 그때는 우리말을 조선어라고 그랬어. 걔네 말을 일본어라고 하고. 그러니까 할머니는 우리글은 3학년 때까지밖에 못 배운 거야. 조선어 시간이 3학년 때까지만 있었고 그다음부터는 계속 일본어로만 공부를 했거든. 심지어 4학년부터는 학교에서 우리말도 못 쓰게 했어. 친구끼리 같이 얘기를 해도, 내가 어쩌다가 우리말이 나오면 내가 조선어 쓴 것을 들은 친구가 교실에 있는 표에 체크를 했어. 교실에 이름표가 붙어 있었거든. 이름이 쭉 적혀 있고, 날짜가 쭉 있는……. 그걸로 나중에 '국어 상용'이라고 해서 한 달 동안 한 번도 우리말을 안 쓴 사람은 상을 주는 거야. 우리말을 한 번이라도 쓴 사람은 상을 못 받고. 그렇게 규제하니 학교에서는 절대 우리말을 못 쓰지, 학교 교문을 벗어나서부터 집에 올 때만 우리말을 쓸 수 있었어, 그전까지는 완전히 일본말로만 배우고, 완전히 일본말만 쓰다가.

지금 생각하면, 친구가 우리말 썼다고 가서 고발할 것 같지 않지? 그렇지만 그 시절엔 그게 너무 철저하니까, 일본 애들이 우리를 아주 그렇게 하지 않으면 안 되도록, 책임감을 느끼도록 교육을 시켜서 그럴 수밖에 없었어. 그때는 항상 긴장하고 지냈지.

점심을 맛있는 걸 사주셨어

생선 프라이였던 것 같아

내가 고등학교에 입학한다고 하니까 큰 오라버님이 축하한다고 날 데리고서 창경원에 가서 쭉 돌아다니면서 사진을 찍어주시고, 나와서는 점심도 맛있는 걸 사주셨어. 그날 먹은 음식은 생선 프라이였던 것 같아. 근데 그 점심 먹은 것이 체한 거야. 체해가지고 앓아눕는 바람에 고등학교 입학식도 못 갔지 뭐니. 근데 처음에는 체한 줄로만 알았는데, 배만 아픈 것이 아니라 이게 심해지더니 하체를 한동안 아예 못 쓰게 된 거야. 지금으로 말하면 류마티스 관절염 그런 거였던 것 같아. 결국 체한 게 아니었던 거지. 그때 생각보다 크게 아파서 소변도 호스를 껴서 보고 그랬어. 부모님도 막내가 고등학교 들어간다고 좋아서 책상도 새 것으로 사주시고, 가방도 새로 사주셨는데 내가 몸이 그렇게 되어버리니 얼마나 속상하셨겠어. 나도 고등학교 들어갈 기대에 꽤나 들떠 있었는데, 아픈 바람에 한 일주일은 학교도 못가고 집에 꼼짝없이 있으라니까 무척 속상했지.

고등학생의 삶이라는 것을 재밌게 보내지는 못했지,

근로봉사하고 군수공장 가고 그렇게 살았으니까

할머니 때에는 '경기여자고등학교'가 '경기고등여학교'였어. '경기고녀'라고 불렀지.

그때 우린 2학년부터는 오전에만 수업을 하고 오후는 미츠코시 백화점으로 갔어. 지금 서울 신세계 백화점 있지, 그게 미츠코시 백화점이었거든. 거기에 아래 이 층만 백화점이었고 그 위에는 군수공장이었어. 일본 애들 군복 만들어주는 군수공장. 그래서 학교에서 오전에 수업 듣고 점심 먹고 나면 가방 들고서 그리로 가는 거야, 군수공장으로. 거기서 일본 애들 군복 만드는 작업을 했어. 그게 근로봉사야. 미싱하고 다림질하고 그런 작업을 하는 거지, 계속.

그리고 군수공장에 가지 않는 날에는 학교에서 작업을 했어. 어떤 작업을 하냐면……. 운모라고 있어. 그게 광물인데 비행기 유리 만드는 것이라 하더라고. 그 운모가 켜켜이 겹쳐져 있어서 유리처럼 맑고 얇게 떨어지는 건데 그걸 애들한테 쇠로 된 칼을 하나씩 다 나누어 주고 작업을 시키는 거지. 운모가 배당이 오면 군수공장에 가지 않는 날은 다 같이 앉아서 칼로 그걸 얇게 저미는 거야. 그날 배당 온 것은 그날 모두 해야 돼. 그땐 일본이 한창 전쟁할 때였니까. 전쟁에 필요한 것들을 학생을 동원시켜서 만들곤 했어. 그러니까 뭐라 그럴까, 고등학생의 삶이라는 것을 재밌게 보내지는 못했지. 일본 애들 때문에 근로하고 군수공장 가고 그렇게 살았으니까.

완전히 일본인 만든 거지

말하자면 제대로 된 교육이라는 것도 대학 가서 처음 받았어. 고등학교 때 영어도 배우긴 하는데 일주일에 두 시간밖에 안 배웠어, 그것도 완전 기초적인 것만. 우리나라 역사는 배우지도 못했어. 그리고 일본 역사만 일본말로 달달 외우게 시킨 거야.

완전히 일본인 만든 거지. 특히 경기고녀는 더했어. 공립이다보니까 더 심했지. 그때 우리가 다닐 때에는 경기고녀는 공부도 잘하고 잘사는 학생들이 많이 갔었어. 또 이왕조 왕족들 자녀들도 다 경기고녀에 다녔어. 그 자녀들은 경기고녀 아니면 안 보냈거든. 의친왕 딸이랑 같이 공부했어. 그 친구는 아침 등교 때마다 나인이 꼭 차 태우고 와서 내려놔주고, 학교 끝나면 차로 다시 데리고 가고 그랬어. 또 그때는 친일파라고 그럴까, 귀족의 명을 받은 사람들도 있었어. 자작, 공작이라 불리는 사람들. 그런 사람들의 자녀들도 다 경기고녀에 다녔지.

당시 경기고녀에서 공부 잘하는 애들을 뽑기도 했지만

그런 애들도 특채로 뽑고 했던 거지.

겨울이 되면 학교 테니스장에 물을 얼렸어

고등학교 때는 놀러 다니고 그런 일이 거의 없었는데, 유일한 재미가 겨울에 스케이트 타는 거였어. 겨울이 되면 학교 테니스장에 물을 얼렸어. 스케이트장으로 만드는 거야. 그렇게 스케이트장을 만들어 체육시간에도 거기서 스케이트 타고 그랬어. 체육 점수도 스케이트 타는 걸로 주니까 다들 열심히 탔지. 큰 경주를 하는 날에는 학교 스케이트장은 작아서 더 큰 스케이트장으로 가곤 했는데, 덕수궁 연못 있잖아 거기랑 경복궁 경회루에 큰 연못, 거기도 겨울에는 다 꽁꽁 얼었거든. 그런 날에는 전교생이 거기에 가서 스케이트 시합을 했었어.

또 방학을 하면 친구들이랑 서대문에서부터 전차를 타고 청량리를 갔었어. 그땐 청량리가 전차 종점이었거든. 전차에서 내리면 다 논이고 밭이고 그랬어. 논밭은 겨울 되면 꽁꽁 얼잖아. 그때 사람들은 빙판이 된 논밭에서 다들 스케이트 타고, 썰매를 타며 놀았거든. 나도 친구들이랑 방학만 되면 다 같이 스케이트 한 켤레씩 어깨에 메고 가서 신나게 타고 오곤 했지. 그게 그래도 그 시절에 큰 낭만이고 낙이었어.

군수공장에서 8.15를 안 거야

그냥 뒤숭숭한 거지, 실감이 안 나니까

내가 고등학교 4학년 때 8.15가 난 거야. 광복, 해방을 맞이한 거지. 그 무렵 할머니는 배탈이 났었나, 어쨌나……. 그래서 학교를 결석했었어. 해방되기 얼마 전에 아파서 진단서를 내고서는 이틀인가 삼일인가 집에 쉬다가 우연히 해방 소식을 미리 알게 됐어. 그때는 신문사가 몇 개 없는데 아버지께서 그중 한 사장님을 알았던 것 같아. 그런데 대개 신문사들은 정보가 빠르잖아. 정보가 빠르니까 해방하기 3일 전인가 일본 천황이 사죄하는 칙서를 발표할 것이라는 사실을 아버지가 전해 듣고 오셔서 알려주신 거지. 나는 학교에 가지 않고 집에 있다 보니 그 소식을 며칠 먼저 알았던 것 같아.

근데 다른 친구들은 군수공장에서 8.15를 안 거야. 우리는 소식을 듣고도 곧장 해방이 된다, 그런 사실을 몰랐어. 어른들, 선생님들이 왔다 갔다 하시니까 이상하다고 생각했는데 그게 해방돼서 그랬던 거야.

그냥 뒤숭숭한 거지. 실감이 안 나니까. 천왕이 음파로 발표를 했는데 그걸 들을 수 있는 사람도 얼마 없었어. 우리 집엔 라디오가 있어서 들었는데 라디오 소리도 잘 안 들렸어. 나중에 들리는 소문으로는 일본이 전파 방해를 했다나 그랬었다는 것 같아.

그때 우리 가르쳤던 선생님들이 교장선생님이랑 가정 선생님 두 분 빼고 다 일본인이었어. 해방되고 학교에 다시 가보니까, 그분들은 이제 일본으로 돌아가신다더라고. 그래서 그때 고별인사를 했던 기억이 있어.

해방 후부터 다시 한국어로 배우기 시작했어. 또, 해방되면서 학기가 이상하게 되어서 우리 학년은 고등학교 4학년을 1년 반 동안 다녔지. 할머니는 그렇게 해방 후에 고등학교를 졸업하고 대학을 입학하게 됐단다.

할머니의 아버지,

우당 정규원 자서전

아버님이 빨리 눈이 트신 거야. 처음부터 의학 공부를 하신 건 아니고, 아버지 젊은 시절에 일하시던 곳이 연세 세브란스 의학전문학교 앞이었다 하더라고. 그때 세브란스를 보면서 의학에 대해 알게 되시고 결국 의사의 꿈을 키우게 되신 거지. 그때가 한일합방되던 무렵이니까, 세상이 얼마나 어지러웠겠니? 그럼에도 불구하고 의사가 되겠다는 꿈을 이루신 거야. 의학강습소에서 의학을 공부하고, 먼저 의생(한의사)이 되셨지. 그 이후에 다시 현대의학에 도전해서 세브란스 의학전문학교, 지금의 연세대 의대에 진학해서 의사가 되시고, 개인 병원(고려병원)을 차려 조금씩 병원이 커져서 대성하셨어. 아버님이 남기신 자서전에 그 내용이 자세히 적혀 있을 거야.

의학박사 우당 정규원 회고록 ①

나는 1888년 9월 3일 경기도 평택군 팽성면 두리라는 한촌 농가에서 출생하여 선친께서 이름을 규원, 아호를 우당이라 지어주셨다. 내 나이 3세 때에 선친께서 서울로 이사하심에 따라 서울에서 성장하였고, 서당에서 15세까지 한문을 수업하였다. 공립한성학교를 졸업한 것은 20세였다. 그 당시에는 이 학교만 졸업하면 관계에 출세함이 보통이어서 나도 출세할 기회가 여러 번 있었으나 이를 포기하고 의학에 취미가 있어 박시제중博施濟衆해보겠다는 신념으로 공인 의학강습소에 입학하여 다니면서 한편, 재종형 정규석 의생과 한의원을 동업하고 조수로 실습하였다. 25세에 의학강습소를 졸업하고 27세 때 의생 국가고시에 합격, 의생면허 제6013호를 취득하여 개업하였다. 그러던 중 서양 의술에 관심이 생겨 세브란스 의학전문학교(세의전) 예과인 연희전문학교 수물과를 수료하고 세의전 본과에 편입하여 공부하던 중, 3학년이 되던 해에 3.1운동으로 인하여 1년간 휴학하였으므로 33세(1922년)에 세의전을 졸업하였다.

그해 가을에 의사 국가고시에 합격하여 의사면허 제523호를 취득한 후, 세브란스 의학전문학교 부속병원 외과 조수로 있으면서 연희전문학교 교의를 겸임한 지 11년(44세 때) 만에 세브란스 의학전문학교 및 연희전문학교의 모든 임무를 사직하고 고려병원을 개업한 후에 고려간호부양성소와 고려산파양성소를 병설하여 많은 간호사와 산파를 양성 배출하였다. 1939년(52세)에는 일본 동북제국대학에서 박사학위를 취득하였다.

의학박사 우당 정규원 회고록 ②

고려병원과 생활터전 마련

학생시절부터 준고학이었다. 한의원에서 적은 수입으로 생활하면서 세의전의 학비를 조달하여야 했다. 졸업 후 세의전 부속병원에 근무하면서도 야간 개업을 하며 앞날을 위하여 근검저축을 계속하였다. 수입 중에서 은행에 선제적금으로 목돈을 얻어 축적하여 병원의 대지, 건물을 매수하고 본관 신축, 병원 내부 시설 들을 연차적으로 진행하여 생활터전이 될 고려병원을 마련하였다.

고려병원의 상황은 다음과 같았다.

I. 위치: 서울특별시 서대문구 충정로 3가 543번지

II. 대지: 599평

III. 건평(신관, 구관 합계): 200평

1. 신관 1층: 외래 환자 진료실, 치료실, 제약실, 검사실, 치과,
   접수 사무실, 대합실, 응접실, 숙직실 등으로 사용

   신관 2층: 입원실(13개 병상), 수술실, 일광욕실, 간호원 사무실,
   숙직실, 입원환자 대합실, 전화실 등으로 사용

2. 구관(고려각): 간호부양성소, 산파양성소 교실로 사용

   + 구관은 이조말엽에 엄비가 자기 소생 영친왕의 수명장수를 기원하기 위하여 건립한 신각으로 그 구조가 사찰의 대웅전과 근사하였으므로 이를 고려각이라 명명하였다.

3. 부속건물: 주택, 간호부 양성소 학생 기숙사.
   입원실(온돌방 8실) 등으로 사용

IV. 직원: 24명

의사-2, 조수-2, 치과의-1, 약제사-1, 검사기사-1,

간호, 산파 실습생-11, 사무원-1, 잡역부-5(남2, 여3)

V. 현황: 외래환자는 줄을 이었고, 입원 환자는 항상 만원이었다.

서울의 개업의로는 굴지의 병원으로 성장하고 공신력도 얻어서

병원은 날로 번창하고 발전하였다.

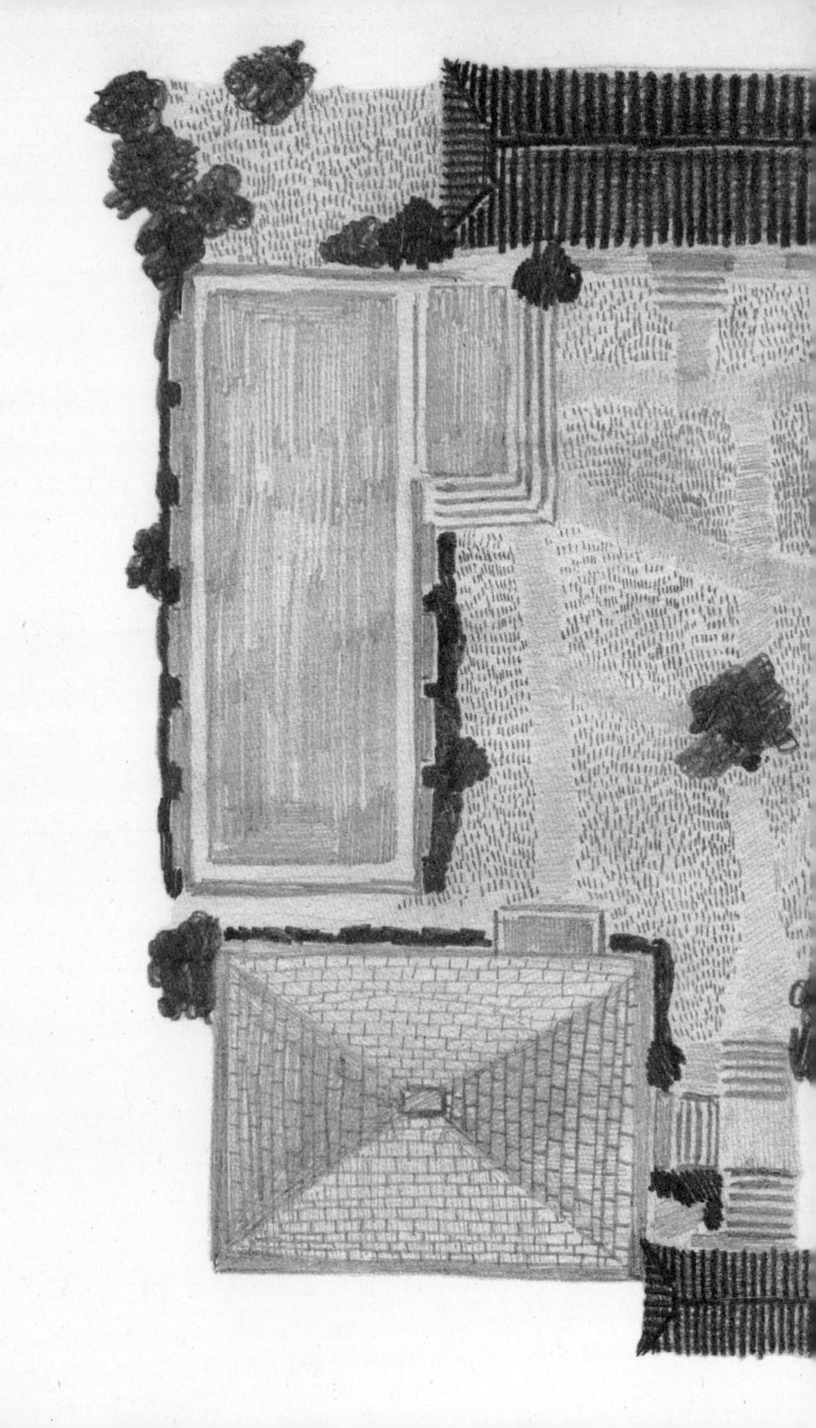

의학박사 우당 정규원 회고록 ③

6.25 한국 전쟁과 참화

1950년 6월 25일 불의의 동란이 일어나 민족의 비극과 함께 우리 집에 인적, 물적인 참화는 이루 형용할 수 없다. 남침한 지 3일 만에 수도 서울은 괴뢰군 수중에 들어갔고, 정부는 한강철교를 폭파하고 부산으로 환도하였다. 피난할 여유도 없이 병원과 직원은 본의가 아닌 채 자동적으로 그들의 직원이 되어 괴뢰군 병상자를 치료해주어야만 했다. 의사였던 장남 정남진은 영등포 소재 괴뢰군 병원에 동원되어 시무한 지 한 달 만에 그들에게 항거하고 음독자살로 반공 투쟁의 결말을 고하고 말았다. 이와 같은 지옥생활을 3개월 동안 계속하던 때다. 9.28 수복 직전에 서울을 탈환키 위하여 마포지구에서 마구 폭격을 할 때 집에 같이 있었던 큰 사위 이한철이 그 파편에 맞아 출혈사하였다. 집안의 기둥 두 사람을 연거푸 잃고 만 것이다.

더이상 집에 있을 수가 없어서 잠시 피난 차 가족들과 병원 후문을 거쳐 늘비한 시체들을 넘어가며 양정학교 뒷산 줄기로 만리현과 공덕동을 지나서 마포에 있는 운호 외갓집에 갔다. 며칠간 유숙하면서 괴뢰군의 진퇴를 살폈다. UN군이 서울에 진주한 후에 집으로 돌아왔다.

노상에 산재한 시체들은 차마 볼 수 가 없었다. 고려병원은 옥상과 유리창이 전부 파손되고, 2층의 수술실의 내부 시설과 기구 역시 전파되어 있었다. 고려각 통용문 위에는 대포의 불발탄이 꽂혀 있었으니 그 참상은 일필로 기록하기 어려운 상황이었다.

9.28 수복 후 불과 3개월 만에 뜻밖에 중공군이 괴뢰군과 합세하여 또다시 남침하였다. 정부는 1950년 12월 20일 서울 시민에게 피난할 것을 선포하고 동회 직원들은 각 가정을 방문하여 피난하도록 권유하고 다녔다. 우리 집은 우선 영등포 사음舍音 집으로 피난했다. 전황을 보면서 결정하고 응급용 생활 도구와 의복 등을 인부에게 지워 피난길을 떠난 것이다. 노상에는 피난민들이 장사진을 이루었고, 때는 엄동설한이었다. 한강의 빙판을 걸어서 영등포 신길동 사음 집에 도착하여 뉴스에 귀를 기울였다. 서울 전황은 형편이 급박하여 정부는 1951년 1월 2일 또다시 부산으로 천도한다는 것이다. 우리도 하는 수 없이 동래 조부님 산하에 피난하기로 작정하고 부산행 기차를 타려고 주야를 불문하고 영등포역에서 며칠 동안 기다렸지만 허사였다. 기차 지붕 위까지도 만원이어서 탈 수 없을 뿐 아니라 위험하기에 이를 포기하였다. 다시 트럭을 구해보려 하였지만

이 역시 허사였다. 앉아서 죽음을 기다리는 수밖에 없었다.

이러한 중에 다행히도 군부의 도움으로 트럭 한 대를 얻었다.

미리 떠난 가족을 제외하고 8인의 가족과 각계각층의 피난민들이 동승하여 부산으로 출발하게 되었다. 그때 기후는 엄동이라 노상은 빙판이어서 산간 비탈길에 굴러 죽을 위험과 고비를 수없이 겪었다. 미국 헌병, 국군, 경찰들의 검문을 받으면서 주야 불문하고 차를 몰았다. 수원, 평택, 천안을 거쳐 유성온천에 당도하여 민가에서 하룻밤을 유숙했다. 부산의 뉴우스는 피난민이 포화상태로 입부를 거절당하고 우왕좌왕한다는 것이다. 우리는 부득이 대전을 경유 대구에서 하차하였다. 때는 1951년 1월 1일 일면부지 타향에서 갈 곳이 막연하던 중 동행하던 피난민의 소개로 동인동 모씨 댁에 임시로 유숙하게 되었다. 그 집 주인의 주선으로 남산동 이호균씨 댁 2층을 얻었다. 보온 장치도 없는 곳에서 거처하면서 경북대학교 총장 고병간 동창, 종로 김성국 동창들을 역방하여 생활방법과 개척과 거처할 곳을 상의해보았으나 별무 소득이었다. 때마침 우거하는 집 근처 남창의원의 주인의사가 군에 징용되어 휴업중이므로 임대교섭을 해보았다. 장소와 의료 기계를 대여해주면 수입 금액에서 응분의 금액을 지불해주겠노라고 교섭하였다. 그러나 당신의 신원을 모른다는 이유로 거절하기에 남산병원장 김재명 동창의 보증으로 남창의원을 임차 개원하게 되었다. 이때부터 온돌방 생활을 하게 되었다. 이곳에 개업한 것이 신문에 보도되자 두진(차남)의 가족, 숙진(차녀)과 친우들이 찾아와 반갑게 만나 피차 생존함을 알게 되었다.

개업 후 찾아오는 환자는 서울 피난민이 대부분이고 대구 사람은 적었다. 개업 상황은 호전되어서 현재 거주하는 남문시장에 인접한 건물(남산동 613)을 입수하였다. 이 건물을 의원과 주택으로 겸용하고 비교적 안정된 생활을 하게 되었고 가아家兒 교육도 계속하였다. 그 후 피난민들이 서울 복귀한 후에는 환자가 적어지는 데다가 본원 주위에 3~4개의 의원이 개설되므로 환자들이 분산되었다. 나의 몸도 노쇠하여 환자 취급에 용기를 잃어 자동적으로 휴업 상태가 되고 말았다.

요즈음은 한가하게 산책으로 소일하고 있다.

1967년 초봄, 79세
대구 남산동 우거에서
우당 정규원 씀

종종

1946-1950

우리 때
대학교 생활

이화여자대학교 B그룹

해방 후에, 할머니가 고등학교를 졸업하고 나서
이화여자전문학교가 이화여자대학으로 승격을 했어.
난 승격한 후에 들어갔는데, 할머니는 B그룹이었어.
그때는 왜 그렇게 불렀는지 모르겠어. 몇 해 입학생,
몇 회 입학생 그렇게 나눈 게 아니라 A그룹, B그룹으로
부르곤 했었어. 우리 위 학년은 A그룹이고, 난 B그룹이야.
그러니까 지금으로 말하자면 난 대학으로 승격되고 나서
2회 입학생인 거지.

비비안 리 · 크라크 · 게이불
올리비아 데 하빌랜드 · 레스리 하워드
바람과 함께 사라지다
GONE WITH
THE WIND

시민관과 돌체 다방

우리 대학교 생활은 뭐, 그때도 토요일은 휴일이라
토요일마다 애들이랑 극장으로, 다방으로 놀러 다녔지.

그 시절에는 서울에도 극장이 몇 개 없었는데,
명동에 유명한 극장이 하나 있었고 우리는 학교와 조금
더 가까이 있는 '시민관'이라는 극장에 자주 갔어. 그렇게
토요일에는 친구들 따라 극장에 열심히 쫓아다녔지.
당시 〈마음의 행로〉, 〈카사블랑카〉 같은 영화나 〈바람과
함께 사라지다〉처럼 비비안 리Vivien Leigh가 나오는 영화가
인기 있었어. 그렇게 영화를 보면서 토요일을 보냈어.

또 그때 명동에 '돌체 다방'이 있었는데
아주 유명했었어. 지식인들, 예술인들이 많이 갔었고
거기서 음악도 감상하고 했었지. 어쩌다가 친구들이랑
명동으로 놀러나가면 돌체 다방에서 커피를 마시곤
했단다.

그 시절에 선보는 장소는
덕수궁 아니면 창경원이야

우리 때에는 요즘 같은 미팅은 없었어. 아닌가. 영문과 애들은 그때도 미팅을 했던 것 같기도 하다. 그 대신 중매하는 분이 아주 많이 계셨어. 지금의 결혼정보회사처럼 중매하는 사람들이 있는 거지. 나도 대학 때 그런 중매를 통해서 선을 봤었어. 두 번 봤었나. 그 시절에 선보는 장소는 덕수궁 아니면 창경원이야. 중매하는 분이 서로의 정보를 다 적어주고 몇 시에 어디로 오라고까지 정해줘. 그냥 몸만 가면 됐던 거지. 그때 선봤던 애가 서울대 경제학과인가 다니는 애였던 것 같아. 그때도 창경원에서 만났을 거야 아마.

근데 뭐 난 그때만 해도 결혼할 생각도 없었고, 대학을 졸업해야 한다는 신념이 더 강했고, 그렇다보니 선을 봐도 잘되진 않았지.

마음에 드는 여자애를 보면 지나가면서 만년필이나 손수건을 슬쩍 떨어뜨리고 간다든지 하며 장난치곤 했지

그때는 서대문 밖으로는 전차가 안 다녔어. 그래서 연대생이나 이대생은 학교에 가려면 서대문에 내려서 북아현동에 있는 고개를 걸어서 넘어야 했어. 북아현동에는 일부에만 주택이 있고 그다음부터는 완전히 산이고 벌판이고 그랬으니까. 그 길을 모두 지나야 이대가 나왔어. 거기를 연대생이랑 이대생이 같이 쭉 줄서다시피 하고 걸어갔었어. 또, 그때는 이대 본관을 지나야 연대가 나왔거든. 그러다보니 연대생들은 이대 본관 앞을 지나지 않으면 학교를 못 가는 거야.

등교하는 아침에는 모두 시간이 없으니까 바삐 가고, 하교할 때는 시간적 여유들이 있으니까 재밌는 일도 벌어졌지. 연대생들이 앞으로 쭉 가다가 마음에 드는 여자애를 보면 지나가면서 만년필이나 손수건을 슬쩍 떨어뜨리고 가곤 했었어. 그러면 뒤에 쫓아가는 이대생들이 그걸 주워서 줘야 하잖아. 모른 척하고 지나갈 수도 없고. 주운 물건을 전해주다가 눈이 맞는 일도 종종 있었어. 그렇게 만나서 결혼하는 경우도 있었고.

우리 학교 다닐 적에 두 쌍 있었나. 연대 애들이랑 커플된 애들이? 생각보다 많지도 않았네.

서로가 자존심이 강해서 그랬나봐.

선생님 댁 가서 저녁도 얻어먹고 오고 했었지

나 대학 다닐 적에는 지금 같이 대학에 낭만이 없었어. 대학은 고등학교의 연장 개념이었지. 4학년까지 일제의 교육을 받았으니까. 대학 와서 우리말로 수업을 받다보니 이제야 제대로 배우는 느낌이었지. 또 그때는 인재가 적다 보니 교수님들도 전문학교 나오신 분들, 밖에서 중·고등학교 교직 오래 하시던 분들이 추천을 받아서 교수가 되고 했어. 나는 가정과니까 대개 가정과 선생님들과 친했었지. 거의 다 여자 선생님이다 보니 더 가깝기도 했고. 그중에 염색 선생님이 계셨는데, 그분이 나를 많이 아껴주셨어. 내가 반장 노릇을 하다 보니까 더 많이 귀여워 해주셨던 것 같아. 그 선생님 자택이 북아현동에 있었거든. 하굣길에는 선생님 댁 가서 저녁도 얻어먹고 오고 하면서 더 가깝게 지냈었지.

거기 한자리 앉아서 치마도 만들고 저고리도 만들었지

그 시대에는 지금으로 말하자면 방문판매 같은 것이 아주 흔했어. 비단 짊어지고 팔러 다니는 비단장수랑 하얀 분 같은 화장품을 파는 장수들이 종종 집으로 장사하러 왔었지. 그런 사람들은 잘사는 집에 단골로 한 명씩 있곤 했는데 '방물장수'라고 불러. 그런 사람들이 파는 것들이 지금으로 말하면 명품이지. 명품 비단, 명품 화장품을 취급하는 사람이 부잣집만 다니면서 파는 거야.

포목점이라고도 있었어. 일반 옷가게. 근데 그때는 포목점 같은 것도 동네에 하나 있을까 말까 했지. 그런 포목점 옷은 워낙 비싸니까 거의 집에서 옷을 만들어 입었어. 그래서 항상 방물장수가 오면 어머니께서 가져온 비단들 다 헤쳐 놓고 그중에 원하는 것들 골라서 사곤 했지. 그때는 삯바느질하는 곳이 없으니까 옷 만들고, 앞치마 만들고 그런 것들 다 집에서 하는 거야. 그래서 여자들은 다 같이 삥 둘러앉아서 바느질을 했어. 집에 여자는 어머니가 계시고, 부엌에 찬모가 있었어, 그리고 주방을 관리하는 사람이 하나 있고. 그 아래에서 잡일하면서 도와주는 분 있고, 청소하는 아가씨가 따로 있고, 빨래하는 아줌마가 한 분 있었어. 그래서 다 같이 저녁 먹고 나면 방에 쭉 앉아서 바느질을 하는 거야. 이런저런 얘기하면서 옷을 만들곤 했지.

나도 대학 다닐 적에 한자리 앉아서 치마 만들고 저고리 만들고 했어. 거기 앉아서 직접 곁눈질로 배우는 거지. 그때 배운 실력으로 나중에 결혼해서도 우리 애들 옷 만들어 입히고 했잖아. 할머니가 네 할아버지 와이셔츠부터 애들 옷까지 다 만들어서 입혔어. 겨울에는 뜨개질로 장갑부터 바지까지 다 만들었어. 복슬복슬한 털실로 아가 옷 만들어 입히면 얼마나 귀여웠는지, 지금도 생각나네. 호호.

철따라 한복을 만들어 입고 다녔어

처음 대학에 들어갔을 때에는 머리를 양쪽으로 갈라서 리본으로 묶어서 다녔어. 그러다가 3학년쯤 되니까 영문과에서부터 파마하는 사람들이 생기기 시작한 거야. 그렇게 파마가 유행하면서 보수적인 가정과 애들도 하나둘씩 파마를 하기 시작했지.

평소에는 통치마에다가 저고리로, 철따라 한복을 만들어 입고 다녔어. 그러다가 이번에도 영문과 애들이 먼저 양장을 입기 시작하면서 그 유행이 시작됐어. 걔네가 아주 빨랐던 것 같아, 신문물을 받아들이는 면에서. 가장 먼저 영문과 애들부터 양장을 입기 시작하면, 마지막에 가정과 애들이 그걸 따라 입었고. 가정과 애들은 보수적이어서 유행에 따라가는 것이 늦었고, 영문과 애들이 대부분 새로운 것에 첫 단추를 끼우고 했던 거지.

키도 조그마하니 작았는데

어떻게 다들 내 말을 잘 들었는지 몰라

학교 본관 뒤에 한옥 집이 있었어. '아령당'이라고 가사 실습소인데, 졸업을 하려면 거기에서 열흘 정도 살면서 실습을 해야 했어. 그게 지금으로 말하면 졸업 시험 그런 거야. 나도 졸업이 가까워서 열 명 정도의 친구들과 함께 들어가 거기서 밥 해먹고 자고 그러면서 실습했었지. 항상 신촌시장까지 가서 장을 봐와서 밥을 해먹었어. 그때 내가 팀장을 맡아서 다 주관했어. 키도 조그마하니 작았는데 어떻게 다들 내 말을 잘 들었는지 몰라 호호. 거기서는 동기들이랑 열흘 정도 같이 동고동락하며 살면서 예의범절부터 시작해서 밥하는 것까지 익혔어. 그리고 마지막 날에는 어머니들을 모두 초대하는 거야. 초대해서 우리가 만든 요리를 대접하고, 다 같이 노래도 불러드리고 하면서 마지막으로 시간 보내는 거지. 그렇게 해야 졸업할 수 있었어.

그 애가 갑자기 방구를 뿡 뀐 거야

가사실습 할 때 생활관에 있으면서 다 같이 저녁이 되면 오늘 하루에 있었던 일을 반성하는 시간이 있었어. 그날도 다름없이 수업 끝나고 선생님들이랑 다 같이 모여 아주 엄숙하게 얘기하고 있었는데, 친구 한 명이 갑자기 방구를 뿡 뀐 거야. 아주 분위기가 조용한 시간이었는데 말이야. 처음엔 다들 깜짝 놀랐다가 한 명이 웃기 시작하면서 모두들 웃음이 빵 터져서 깔깔 웃었지. 근데 그때 그 애가 했던 이야기도 아주 재미나, 우리가 웃으니까 역정을 내며 "이건 생리활동인데 왜 웃으세요!" 하더라고. 그 말을 듣고 더 크게 웃었어.

졸업식에 아기가 같이 왔어

할머니가 대학교 다닐 때는 결혼하면 학교를 못 다녔어. 그래서 입학할 때에는 정원이 150명이었는데 졸업한 사람은 50명밖에 없었어. 그때 이대에 입학한 사람 중에는 결혼할 때 좋기 위해 간판 달려고 다니는 사람도 꽤 있었던 셈이야. 그러니까 한 학기 지나면 결혼해서 우르르 없어지고, 또 한 학기 지나면 또 없어지고, 그러다 보니 결국 50여 명밖에 남질 않는 거지. 그때 결혼한 사람은 퇴교 규칙이 엄격했는데, 그중에 아기까지 낳고 몰래 학교에 다니는 사람이 있었단다. 결혼하고 임신한 것을 숨기고 학교에 다녔던 거야. 우리도 전혀 몰랐어. 지금 생각해보면 배가 불러서 어떻게 다녔나 몰라. 친구들도 졸업할 때 알았어. 졸업식에 아기가 같이 왔거든. 아기는 방학 때 낳았나봐. 그 바람에 우리도 알게 됐지. 아기 보고 얼마나 놀랐는지 몰라.

뿔
뿔이

1950–1951

전쟁으로

피난 가던 그때

6.25가 났어, 졸업한 지 한 달도 안 돼서

그때는 졸업식이 5월 31일이었어. 할머니 학교 다닐 때는 9월이 신학기였거든. 졸업한 그해 6월에 6.25가 났어. 졸업한 지 한 달도 안 돼서. 난 그때 미국으로 유학을 가려는 포부를 품고 있었는데……. 졸업하고 영어 공부 좀 더 해서 미국에 가려고 마음먹고 있었지. 우리 대학 다닐 때는 미국에서 공부하고 온 가정학과 교수님들이 몇 분 계셨거든. 그 교수님들 신임을 얻으면 유학을 갈 수가 있었어. 그때 할머니도 열심히 한다며 공부도 많이 하고, 반장도 곧잘 하고 그랬으니까 유학 갈 수 있겠다 싶었지.

근데 그때는 대학에 가서야 영어를 배우기 시작해서 영어가 서툴렀으니까, 유학 가기 전까지 영어를 열심히 배워서 가려고, 한동안 아버지 병원에서 일하는 직원 분께 영어를 배웠어. 그렇게 언어를 준비해서 미국에 가려는 계획이 있었는데……. 6.25가 난 거지. 그러면서 전쟁 통에 큰 오라버니 돌아가시지, 큰 형부 돌아가시지……. 집안의 기둥 두 분이 돌아가시면서 모든 걸 다 포기하게 된 거야.

6.25가 터지면서 할머니 인생이 크게 바뀌었어.

6.25가 터지기 이틀 전, 언니랑 명동에 쇼핑하러 갔었어

6.25가 터지기 이틀 전, 6월 23일, 난 언니랑 명동에 쇼핑하러 갔었어. 그 시절에는 가끔 군용차가 동네에 지나가곤 했었어. 종종 북한과의 접전이 있었으니까. 그날도 쇼핑을 다녀오며 군용차를 봤는데, '그냥 작은 접전이 있구나' 하면서 평소 같은 줄만 알았지. 그런데 다음 날 6월 24일, 저녁에 비가 부슬부슬 오는데 밖에서 이상한 소리가 들리는 거야. 탱크 소리도 들리고, '인민군 만세' 하는 사람들 목소리도 들리고. 바로 옆집에 살던, 같이 얼굴 보며 살던 사람들이 갑자기 소리를 지르며 돌아다니고……. 며칠 있으니까 인민위원회다 뭐다 하면서 이런저런 조직들이 나오고. 다친 인민군 애들이 한 명씩 한 명씩 병원에 오더니 갑자기 병원을 인민군이 점령하게 되더라고. 6.25가 터지고 며칠 만에 이루어진 일이야. 나도 처음에는 병실에 가서 인민군 애들을 보고 그랬었는데, 아직도 그때 봤던 애들이 눈에 선해. 다쳐서 온 애들이 다들 너무 어려서 15살, 16살 그랬거든. 어린애들이 전쟁을 직접 겪으니 겁에 질려 덜덜 떨고 있었어.

우리는 졸지에 큰 기둥 둘을 잃은 거야, 6.25 때 ①

당시 큰 오라버니가 세브란스를 졸업하고 아버지 병원에서 함께 진료를 보셨어. 그렇게 같이 병원을 운영하시다가 6.25가 났지.

그때 오라버니 친한 친구가 평양에 살았어. 그 친구는 평양에 살다가 세브란스 병원에서 공부를 하고, 다시 고향에 갔는데 6.25가 터지니까 큰 오라버니를 찾은 거야. 그렇게 그분이 우리 큰 오라버니를 영등포에 있는 인민병원으로 데리고 갔어.

그 당시에 대학생들은 거의 다 사회주의 책을 읽었어. 마르크스니 사회주의니 하는……. 지금도 생각해보면 오라버니 방에도 사회주의 그런 책이 많았어. 그때의 대학생들은 일제 치하에 반감을 갖고 사회주의를 동경하는 지식인이 많았으니까. 우리 오라버니도 거기에 대한 지식을 많이 갖고 있었던 거야. 그런데 직접 인민병원에 가서 실제로 그 사회를 대하고 보니까 당신이 머릿속에 그렸던, 동경하던 사상의 세계가 아니거든.

거기서 실망을 했던 거지. 일제 치하에 일본 애들한테 수모를 당했고, 이제 또 인민군에게 점령당하면 우리도 이제 공산화된다, 그런 생각을 하셨던 것 같아. 그래서 인민병원에 한 달인가 계시다가 어느 날 갑자기 돌아오셨어. 우리가 웬일이냐고 물었더니 휴가라고 하시더라고. 그래서 우리는 정말 휴가인 줄만 알았어. 근데 오셔서 계속 '이제 큰일 났다. 우리나라는 이제 공산화된다. 큰일 났다.' 걱정을 하시더라고. 그래도 우리는 라디오도 있고 여기저기서 얘기를 듣고 하니까, 조금만 참으시면 된다고 그랬는데, 결국 그거를 못 참고 수면제를 먹고 돌아가셨어. 큰 오라버니는 우리 가족이 모두 믿고 의지하는 존재였는데, 그렇게 떠나셨으니 크게 상심했지.

우리는 졸지에 큰 기둥 둘을 잃은 거야, 6.25 때 ⑪

내 큰언니가 있어. 언니도 경기고녀 나오고, 산파 자격증 따고, 이대 간호원장도 했지. 6.25 때는 결혼하신 후였거든. 근데 우리 형부도 6.25 때 저세상으로 가셨어. 지금으로 말하면 우리 형부는 서울 공대를 나왔지. 당시 하이클래스에 살던 사람들이 다니는 그 학교에서 고대건축미술을 공부하셨어. 그 공부를 해서 중앙청에 계시다가 일제치하에 왜놈들 밑에서 못 있겠다고 간도로 가셨었어. 거기엔 독립군들이 많이 계시니까. 거기서 고등학교 선생을 하시다 해방이 된 후 내려오셨지. 영어를 잘하시니까 그때 미8군에 잠시 계시다가 다시 중앙청에 들어가셨어. 지금으로 말하면 총무처 국장으로 계셔서 사택도 받고 잘 나가시다가 6.25가 터진 거야.

6.25가 터져서 정부가 부산으로 내려가니 간부들도 다 피난 내려가는데 우리 형부는 안 내려가셨어. '부하들 다 놓고서 어떻게 나만 살려고 가느냐. 난 못 간다, 다 데리고 가지 나 혼자는 못 간다.' 그렇게 고집을 피면서 안 내려

가신 거야. 안 내려가시며 우리 집에 한동안 머무르셨어. 그때 우리 병원은 인민군 애들이 다 차지하고 아버지는 로봇처럼 앉아 계시기만 했거든.

9.28(서울 수복) 때 방에 앉아 있으면 머리 위로 폭탄이 쌩하고 지나가는 소리가 나, 그러더니 펑하는 소리가 나. 또 쌩하고 소리가 나더니 또 펑하고 소리가 나고……. 그러던 중 주변이 조용해지니까 우리 형부가 상황이 어떻게 됐나 궁금해서 밖에 나가신 거야. 그렇게 큰 도로에 나가셨다가 파편에 맞아 돌아가셨지.

그 일이 있고 얼마 지나지 않아서 우리가 그 난리 통 속을 뚫고 산을 하나 넘고 보니까, 지금은 양정고등학교 있는 서대문 봉례동 쪽, 거기에 가니까 미군부대가 와 있었어. 산 너머에는 벌써 미군부대가 와 있었는데……. 간발의 차이로 그렇게 돌아가신 거지.

우리는 졸지에 큰 기둥 둘을 잃은 거야. 6.25 때.

뿔뿔이 흩어져서 피난을 갔어

영화 〈국제시장〉을 보면 거기서 배 타고 기차 타고 피난 가잖아. 우리도 처음에는 기차 타고 가려고 영등포로 갔는데 기차를 못 탔어. 기차 위에 사람들이 막 올라타 있고 그러더라고.

그건 너무 위험하니까 열차는 못 타고 다시 돌아왔어. 그때 돌아와서는 둘째 오라버니의 차를 타고 갔었지. 아버님께서는 만약에 인민군이 들어오면, 미스들이 가장 위험하다고 생각하신 거야. 우리 집에는 결혼 안 한 여자가 나 혼자였으니까. 그래서 내가 가장 빨리 피난을 떠나야 한다고 판단하셨던 것 같아.

그때 마침 둘째 오라버니 친구 분이 건축업을 하셨어. 오라버니는 거기서 잠시 근무했고. 오라버니 친구 분이 건축업을 하니까 차가 있었을 거 아냐. 그래서 둘째 오라버니 가족과 나는 그 차를 타고 피난을 갔지. 차에 탈 수 있는 인원이 정해져 있으니 내가 먼저 둘째 오라버니 가족과 함께 타고 갔어. 아버님과 다른 가족들은 그 이후에 또 따로 차를 마련해서 가고, 어머님은 또다른 차를 혼자 얻어 타고 가고 그랬지. 다 뿔뿔이 흩어져서 피난을 갔어.

아버지는 우리를 찾고 있었던 거야

처음에 우리는 대구로 떨어졌어. 흩어진 가족들과는 연락이 안 됐지. 전화 같은 것이 없었으니까. 일단 오라버니 친구 분이 대구에 방을 얻어주셔서 거기에 살면서 매일 신문을 보곤 했어. 신문에 '누구를 찾는다' 그런 것이 나왔거든. 지금은 없지만 당시 신문에는 가장 앞 장 절반에 찾는 사람 이름이 쭉 적혀 있었어. 그걸 매일 들여다보는 거지, 혹시 가족들의 소식이 있을까 싶어서.

그때 신기했던 일은, 나랑 같이 관립미동 보통학교에 같이 다녔던 친구를 대구에서 우연히 만났던 일이야. 친구는 홀로 대구로 피난을 왔더라고. 친구는 먹고살아야 되니까 좌판을 놓고서 껌이니 뭐니 미군 부대에서 나오는 양키 물건들을 파는 장사를 하고 있더라고. 그러다가 나와 길에서 우연히 만난 거지. 대구에서 유일하게 아는 사람이 생겼으니 난 거의 매일 그 친구를 만나다시피 했어.

어느 날 그 친구가 '너희 아버지 대구에 계시대!'라고 얘기하는 거야. 어떻게 알았냐고 물어보니 신문에 났대.

신문을 보니까 정말 이름이 났더라고. 아버지는 병원을 개업했다며, 우리를 찾고 있었던 거야. 신문에 나와 있는 주소를 보고 가서 아버지를 만났어. 아버지도 나도 서로가 대구에 있는 줄도, 생사도 모르고 있었는데 말이야. 이야기를 들어보니 마침 피난 가던 중에 부산에 피난민이 많이 몰렸다는 말을 듣고 대구로 오셨다고 하시더라고. 뿔뿔이 흩어졌던 가족이 운이 좋게 모두 대구에 있어서 만나게 됐지.

할머니의

대학시절
일기

"家庭의 和睦은 音樂으로부터" 목표를 세워 自己의 家庭을 團結하므로나
精神的으로나 묶여 재미있게 하날과 같이 밝고 티없는 家庭을 만들었으면
하고 앞을 내다보며 이미 발길을 달리는 마음이 점점 멀어지므로 멈췄든
발길을 잡으로 잡으로 빨리 S는 달리기 始作하였다. 1948. 3. 20.

感想

有機化學을 回顧하며....

무엇이 못마땅하시다는듯 하루종일 찌푸리고 심심치않게 흑가다
한방울 두방울의 눈물을 흘리시는 長霖의 七月!
느낌을 써서 내노라는 바람에, 스승의 말에 順從하야만 되는 學徒로서의
義務에 마지못해서 pencil을 손에 쥐고 어언간 一年間을 回顧하여
보니. 조그마한 頭腦속에 回想의 幕이 벌리며 三層의 小講堂이

한教室로 나를 引導한다. 맑고 푸른 가을하늘, 學部一年이란 기쁨
에 가득 차며. 배워오던 無機化學이 끝나 有로 交始에 慾. 好奇. 熱心.
恐怖가 얽히어 있어: 첫날의 紹介를 받든 흘러간 九月初旬이 눈앞에,
展開한다. 이날부터 나의머리에는 有機化學이란 넷글자가 팡과 같이 박히어
사랑도 받으며 구박도 받으면서 어언간 一年間을 같이 生活하여 왔든것이다.
有機化學.... 글자만 보아도 지긋지긋하다는, 골치아프다는 感이 먼저 머리를 占領
하여버린다. 一週日에 셋時間밖에 없는 有機化學時間이었지만, 겹쳐
2時間 繼續하는 水曜日 같이 싫은 時間은 없었다. 科學文明이 發達한
20世紀에 있어서. 더욱이나 解放이라는 두글자의 膳物을 받은 우리조선
科學方面에 邁進하여. 世界水準에 올라야 할 責務가 우리學徒들에게는

또한 女性解放에는 女性의 科學認識이 얼마나 重大하고 必要하다는것을

理解하면서 決心하면서 머리를 싸매고 몇時間 工夫하다는 도저히 이내

머리로서는 化學은 할수없다는 諦心에 pen을 쥐면. Note book 하나 없이

오로지 白墨 하나를 동무로 瀑布같이 分子式을 늘어놓고 講義하시는 先生님을

볼때 怨望스럽고 有機化學과 親交가 되는 秘訣은 없는가. 하는 느낌이

손꼽아 몇번이 였는지.………

努力이 勝利라는 말에 싫은 化學을 한時間도 안 빠지고 동무를 삼는다고. 어느새

自然界에 널리 分布하고 있는 植物界 動物界의 物質의 成分. 色素等. 醫藥品

에 必要한것等을 어렴프시 알고 神奇함과 化學의 힘의 偉大함을 깨달아

이제야. 겨우 趣味가 붙어. 工夫할라하니. 流水같이 흘러가는 歲月은

一年은 부지불고리도 없이 흘러. 오늘 밤에 두時間 이라는 化學時間을 남기고

나니. 왜좀더 熱心히 못하였던고. 하는 後悔心과 同時에 섭섭한 마음에

마음의 한구석이 텅 비는듯하다 —. 그러나. 깨어진 사발을 보고 불평하고 애쓴

들 무슨 所用이 있으리. 나는 다시금 마음을 돌려 이렇게 부르지즐것이다.

늦지 않었다. 때는 내눈앞에 길은 바스락트라고 길이 환—히 보이고

있지 않느냐. 머물르지 말어야! 努力은 勝利라는 것 빛을 살려고.

前進하여라는 굳은 決心을 가슴에 안고. (回)想의 幕을 조용히 조용히

내리었다. 1948.9.12. 밤. [signature]

유기화학을 회관回觀하여…

무엇이 못마땅하시다는 듯 하루 종일 찌푸리고 심심치 않게
혹 가다 한 방울, 두 방울 눈물을 흘리시는 장마의 7월!

느낌을 써서 내놓으라는 바람에, 스승의 말에 순종해야만 되는 생도로서의 의무에 마지못해서 pencil을 손에 쥐고, 어언 일 년간을 회상하여보니 조그마한 두뇌 속에 기억의 막이 열리며 3층 3-1 J강당의 한 교실로 나를 인도한다. 맑고 푸른 가을 하늘 학부 2년이란 기쁨에 가득 차서 배워오던 화학이 무無가 유有로 변함에 호기, 열심, 공포가 얽히어 앉아 선생님의 첫 소개를 받아 적던 흘러간 9월 초순이 눈앞에 전개된다. 이날부터 나의 머리에는 유기화학이란 네 글자가 판과 같이 박히어 사랑도 받으며 구박도 받으면서 어언 일 년간을 같이 생활하여 왔던 것이다.

유기화학……. 글자만 보아도 지긋지긋하다는, 골치 아프다는 감이 먼저 머리를 점령하여버린다. 일주일에 세 시간밖에 없는 유기화학 시간이었건만, 특히 두 시간 강독하는 수요일같이 싫은 시간은 없었다. 과학문명이 발달한 20세기에 있어서, 더욱이나 '해방'이라는 두 글자의 선물을 받은 우리 조선. 과학 방면에 매진하며 세계 수준에 올라야 할 책무가 우리 학도들이라는, 또한 여성해방에는 여성의 과학인식이 얼마나 중대하고 필요하다는 것을 이해하고 결심하면서도 머리를 싸매고 몇 시간 공부하다가는 도저히 이 내 머리로서는 화학을 할 수 없다는 낙심落心에 pen을 쉰다.

그럴 때면 Note book 하나 없이 오로지 백묵 하나를 동무 삼아 폭포같이 분자공식을 늘어놓고 강의하시는 선생님을 뵐 때 원망스럽고, 유기화학과 친구가 되는 비결은 없을까 하는 바람만 떠올리던 것이 손꼽아 몇 번이었던지…….

노력이 승리라는 말에 싫은 화학을 한 시간도 안 빠지고 동무를 삼으려고 애써 자연계에 널리 분포하고 있는 식물계, 동물계의 물질의 성분, 색소 등, 의약에 필요한 것 등을 어설프게 알고 신기함과 화학의 힘의 위대함을 깨달아 이제야 겨우 취미가 붙어 공부할라 하니, 유수같이 흘러가는 세월은 일 년을 붙잡을 꼬리도 없이 흘러, 오직 앞에 두 시간이라는 수업만을 남겨놓았다. 나, 왜 좀 더 열심히 못 하였던고 하는 후회와 동시에 섭섭한 마음에 마음의 한구석이 텅 비는 듯하다. 그러나 깨어진 사발을 보고 붙이려고 애쓴들 무슨 소용이 있으리. 나는 다시금 마음을 돌려 이렇게 부르짖는 것이다. "늦지 않았다. 때는 내 눈앞에 넓은 아스팔트와 같이 환-히 보이고 있지 않느냐. 머물지 말아야! 노력은 승리라는 깃발을 앞세우고 전진하리라" 굳은 결심을 가슴에 안고 회상의 막을 조용히, 조용히 내리었다.

1948.7.12. 씀.

아무도 아무도 몰라요. 그리울때면 한줄기의 연기가 되어
별을 향해 오르는 나의 생각!

눈물은 마음의 오아시스— 하지만 하품할 때에도 눈물은
나오는거야,

허영은 위선자의 신호.

거울 아닌 정말 나의 얼굴을 보고 싶습니다.

알리고 싶지 않아요. 슬프지만 역시 내 마음은 나
혼자만 알고 있으면

人生이란 스페인의 鬪牛처럼 이렇게도 쉬운 싸움
의 계속이겠지요.

無知는 最大의 不幸이다. 그러나 아는 것도 이렇게 까지
괴로운 것이었을까요?

空想의 利用은 自己滿足 以外에 아무것도 아니라는
것을 생각해 봤니?

웃음은 반드시 웃음이 아니다. 멋없이 웃고 난 뒤의 웃음
없는 공허감,

理智는 情熱의 監督者

(梨花女中 新聞誌上에서)

4282. 5. 1. 黃昏에

옮겨 적는 글

아무도 아무도 몰라요, 저녁 때면 한 줄기의 연기가 되어

별을 향해 오르는 나의 생각!

눈물은 마음의 오아시스- 하지만 하품 할 때도 눈물은 나오는 거야.

허영은 위선자의 신호.

거울 아닌 정말 나의 얼굴을 보고 싶습니다.

알리고 싶지 않아요. 슬프지만, 역시 내 마음은 나 혼자만 알고 있으면

인생이란 스페인의 투우처럼 이렇게도 세찬 싸움의 계속이겠지요.

무지는 최대의 불행이다. 그러나 아는 것도 이렇게까지

괴로운 것이었을까요?

공상의 이용은 자기만족 이외에 아무것도 아니라는 것을 생각해봤니?

웃음은 반드시 웃음이 아니다. 덧없이 웃고 난 뒤의 둘 곳 없는 공허감.

이지理智는 정열의 감독자.

이화여중 신문지상에서

(4282. 5. 1. 황혼에)

즐거운 …… 결혼하자. !

4282. 6. 25.

※ 結婚日記. 別冊 세통부를 꺼내보자. [이 대로 지남]

결혼은 四圍를 뒤로 환경을 머리에 그리며 荒廢해

있어가는 社會面에 한 발자국 나올 今日의 세 동무의

日記를 살펴 본 것이나 空想의 理論에 굳은 신부나 理想者나

實際가 되려하면 알리는 것은 如實히 表現하였다.

明治하면. 어디까지나 眞實한 사람이 읊을 비애

려던 不奉의 新婚日記 …… 새로 맺어진 두 살 처녀의 小春

의 日記는 듣는 그 page 속에는 果然 무엇이 적히어

있는가 …… 둘이서 몇 가지씩 신부나도 기가 막혀 ……

그의 소위 고함소리는 女性에게 좋이 치는 말이지. 그보다

순이까지 전하는 말이지! '응'이 돌아오는 것은 [illegible]

이 연중. 처녀. 아름다워. 저 흘러라 밤을 낮으로 삼고 낮을

밤으로 삼으며. 울며 웃으면서 몸을 살은 한 女性.

이로 말미암아 몰아오는 家庭不和. 이것이냐 말로. [illegible] 社會

에 있어서 맺을 수 있는 純情한 愛情이라 하나 할 수 없어.

또 때는 안 돼. 아니 한 남성과 한 女性의 趣味 價值를

모르겠으. 자 밝아 나가려고 오직 男性의 [illegible]. 한 소리

가로, 반드시는 封建의 男性.

아마도 어디 한 男性이 이 社會에는 그 몇이나 [illegible] 있는지!

이러한 男性들로 말미암아 地獄 아닌 地獄에서 헤매이

는 불쌍한 空虛하고 창살 없는 감옥에서 늙어 많은 女性이 그 半生을

보내고 있지...... 참 불쌍하고 憫한 처지다. 男性들이여

그대. 當然히 할 진대 왜 깨닫지 못하는고 陳腐의 封建

的 思想 속에서......

화부... 墨稱을 받는 것은 이 現時 女性의 解放은 家庭

에서 ...... 라고 하거니와 朝鮮家庭의 不和는 夫婦間에는

있겠지만 역시 시어머니와 며느리의 사이에 있지 않는가

싶다. 卽 시어머니는 뿌리 깊은 舊時代 思想을 그대로 며느리

에게 강요할 것이 아니요 며느리는 또한 新時代의 思想

理想만으로 家庭을 이끌고 나갈 것이 아니요 어디까지나

어디까지나 兩便의 理論을 合致하여서 옳은 길을 밟아

나가는 것이 상책이 아닌가 싶어. 여기서 화부의 그 思想은

참으로 現時의 女性에게 배울 점이 많았다. 먼저 부엌에서

改良해 나가 時間的 余裕를 얻어서 自己의 趣味와 娛樂

시간을 만드는 그 참다운 女性이 됐다.

언제 --- 直接 社會에 나가 못 社會人과 싸우는 活潑한

女性이나 그의 性格에는 많은 支配를 받겠지만 女性

이라고 해서 언제나 家庭에서 束縛을 免치 못하는 것이 아니라

社會에 나가서 男性의 支配者가 되지 말고 自己의 生覺이

行動을 할 수 있는 女性들이 많기를 바라는 바이다

못 하는 女性들은 되지 말기를 ...

『결혼일기-일명 세 동무』(이태준 지음)를 읽고 나서

꿈 많은 전원을 뒤로한 채 이상을 머리에 그리며 황파라 일컫는 사회 면면에 발자욱을 내놓은 후일의 세 동무의 일기를
살펴본 것이니, 학창의 이론과 꿈은 너무나 현실과 실제와 거리가 멀다는 것을 여실히 표현하였다.

산춘: 약술하면 어디까지나 진실한 사람과 삶으로서 보내려던 산춘의 신혼일기……. 새로 맺어진 그날로부터의 산춘의 일기의 page 속에는 과연 무엇이 적히어 있는지……. 놀라지 말지어다. 너무나도 기가 막혀……. 그의 토하는 고함소리는 남성에게 외치는 말인지, 현 사회에게 전하는 말인지! 돈! 돈이라는 것을 중매로 이 여자, 저 여자, 이 술집, 저 술집, 밤을 낮으로 삼고 낮을 밤으로 삼으며 술과 여자만으로서 낙을 삼는 한 남성. 이로 말미암마 불어오는 가정불화. 이것이야말로 자본주의 사회에서만 엿볼 수 있는 비참한 정경이라 아니할 수 없다.

또 자기 아내 아니 한 여성의 개성과 취미, 소질 등은 모질게도 짓밟아버리고 오즉 남성의 소유자로, 한 노리개로 만들려는 봉쇄적인 남성. 아마도 이러한 남성이 사회에는 그 얼마나 잠재하고 있는지. 이러한 남성들로 말미암아 지옥 아닌 지옥에서 허덕이며 눈물과 고투로서 창살 없는 감옥에서 울고 있는 여성이 그 수가 얼마인지, 참 분하고도 한심한 일기이다. 남성들이여, 그대 현명할진대, 왜 깨우치지 못하는고. 암흑의 봉쇄적 관념에서.

화복: 남녀평등을 부르짖는 이 현시 여성이 '해방은 가정에서', 라고 하거니와 조선가정의 불화는 부부간에도 있겠지만 역시 시어머니와 며느리의 사이에 있지 않는가 싶다. 즉, 시어머니는 뿌리 깊은 구시대상을 토대로 며느리에게 설교할 것이 아니요, 며느리는 또한 신세기의 사상 이상만으로 가정을 이끌고 나갈 것이 아니요. 어디까지나, 어디까지나 양편의 이론을 합치하여서 옳은 길을 밟아 나가는 것이 상책이 아닌가 싶다. 여기의 화복이의 그 심상은 참으로 현시의 여성에게 배울 점이 많았다. 먼저 부엌에서 개량해 나가 시간적 여유를 얻어서 자기의 취미와 오락 시간을 만드는 참다운 여성이었다.

연히: 직접 사회에 나가 뭇 사회인과 싸우는 활발한 여성이니 그의 생활 속에는 많은 지배를 받고 있겠지만, 여성이라고 해서 언제나 가정에서 속박을 면치 못하는 것이 아니라 사회에 나가는 모습을 보여준다. 남성의 압제자가 되지 말고 자기의 생각이 옳다고 믿을 적에는 서슴지 않고 그 발언권을 획득하여 여성에 대한 남성들의 세습적 관념을 뿌리 채 빼버리려는 남성들을 각성시키려는, 참으로 마음이 통쾌할 만큼 씩씩한 굳굳한 정열적인 여성이다,

옳다고 믿을 때에는 서슴치 않고 그 發言權을 獲得하여
女性에 對한 男性들의 封建的 觀念을 깨뜨리게 까지에 버
리려는 男性들을 覺悟시키려는 참으로 女子의 痛快한 인물
씩씩한 굳은 情熱的인 女性이다

코스모스에서 ─○─○─

어떤 女性은 소라 빛 창에 각반 장판에 슬하금침을 깔고
자는 그 環境에서 흙 날에 풀 밑에 자라서 시드러지는
코스모스가 되지 않고 굶주리는 困窮한 속에서 찾아 줄
眞理의 사랑과 幸福을 찾아가는 대로 暗示를 無言中에
가리쳐 준다

実習生活에서

배꽃 그대로의 香氣로움을 풍기고 있는 梨花 갈바으의 푸른
솔나무 사이로 보일듯 말듯 流線型으로 흐르고 있는 빨간
치마폭에 아찔새의 希望의 속삭임을 들을수 있는 梨花동산
의 한 모퉁이로 純朝鮮式 개와집이 아담스러이 한자
리를 잡고 있으니 이 집이 바로 우리 家事科의 집이라
稱하는 곳이야. 三年이란 歲月을 손꼽아 기다리든 憧憬하든
이 幸福한 安息처인 우리 집!
짧다 하면 짧고 길다 하면 길은 한달 반이라는 歲月을
동무들과 보내고 情들면 離別이라는 文字대로 追憶하

실습생활에서

배꽃 그대로의 향기로움을 풍기고 있는 이화 캠퍼스. 그 푸른 소나무 사이로 보일 듯 말 듯 유선형으로 흐르고 있는 뾰족한 처마와 아침 새의 희망의 속삼임을 들을 수 있는 이화동산에는 이채로운 순조선식 기와집이 고즈넉하게 자리 잡고 있다. 그 집이 바로 우리 가사과의 집이라, 칭하는 곳이다. 삼 년이란 세월을 손꼽아 기다리든 동경하든, 이 행복한 안락처인 우리 집! 짧다 하면 짧고 길다 하면 긴 한 달 반이라는 세월을 동무들과 보내고 정들면 이별이라는 문자 그대로 추억과 눈물, 경험과 결심으로서 전도의 희망을 가슴에 안고 이별 노래를 부르는 오늘날. 눈감고 추억의 page를 더듬으니 흘러간 회상의 막 동녘이 밝아오듯 천천히 천천히 올라가고 다시금 나를 아득한 삶의 무대로 인도하여준다.

눈물 經驗과 決心으로서 前途의 希望을 가슴에 안고
졸업의 노래를 부르든 오늘날 눈감고 追憶의 page를 더듬으니
흘러간 回想의 幕은 오색이 찾아오듯 천천히 천천히 올라가고
다시금 나를 아득한 삶의 날의 舞台場으로 引導하여 준다.

×月×日.

無心한 하나님은 怨望하면서 入舍한지 이틀날 아직도 怨恨을 다 못다 푸신듯 부슬부슬 눈물을 흘리시니. 집떠난 서글 마음 더욱 적셔주시네. 처음 집을 떠나 잠자리가 틀린지 밤새도록 이불속에서 헤메이든 무거운 머리를 들고 나오니 때는 6시 起床時間이다.

오늘부터 우리들 13 食口의 規則있는 생활이 展開되는 것이다. 회장은 잘난듯이 威嚴을 보이며 掃除當番을 coach하고서 過去의 家庭管理者 type이 近似하다.
나는 오늘은 누워서 떡 먹기라는 會計當番이다.
꿈결에서 7時半時間에 맞추어 지어준 따뜻한 朝飯 主人의 引導下에 菁菜를 들으며 食事하니 量은 적을망정 집에서 담아 놓은 몇가지 나물을 반찬도 맛있게 들을수가 있었다.
果然 榮養失調으로 지나낸 부엌 當番의 솜씨이기에---
말할수 없는 家庭環境에서 자라난 나로서는 食事때의 禮拜는 마음에 큰 衝動을 주지않을수 없었다, 하루 하루

X월 X일

무심한 하나님을 원망하면서 입사한 지 이튿날, 아직도 원한을 못 다 푸신 듯. 부슬부슬 눈물을 흘리시니 집 떠난 서운 마음 더욱 적셔주시네. 처음 집을 떠나 잠자리가 뜨인지 밤새도록 이불 속에서 헤매던 무거운 머리 들고 나오니 때는 6시 반, 기상시간이다. 오늘부터 우리들 13식구의 규칙적인 새 삶이 전개되는 것이다. 주인은 잘난 듯이 위엄을 보이며 소제 당번(청소 당번)을 coach하니 과연 가정 관리자 type이 근사하다.

나의 오늘 임무는 누워서 떡 먹기라는 회계 당번이다. 쩔쩔매고 7시 반 시간에 맞추어 지워준 따뜻한 조반. 주인의 인도하에 음악을 들으며 아침을 먹으면 식사 양은 적을망정 접시에 담아 놓은 몇 젓갈 안 되는 반찬도 맛있게 들을 수가 있다. 과연 영양학적으로 짜낸 부엌 당번의 솜씨이기에……. 믿음 없는 가정환경에서 자라난 나로서는 식사 시 예배는 마음에 큰 충동을 주지 않을 수 없었다. 하루하루 생명줄을 이어주는 이 공식. '이것은 이글이글 끓어오르는 염천하에 피땀을 흘러가며 지은 농부의 은혜예요'라고 오로지 말로만 그럴 듯하게 떠들었었다. 식사 예배는 곡식 앞에 단 한 번도 그 은혜에 감사를 올리기커녕 입으로 먼저 넣어버리던 내가 가진 잡념을 눈에 녹이듯 없애고 거룩한 찬송과 진심으로서의 기도로 그 은혜에 감사할 수 있는 시간을 얻게 된 나는 무한히 행복하였다.

生命을 이어주는 이 穀食, 이것은 이글이글 끓어 오르는 炎天下에 뒷땀을 흘려가며 지은 農夫의 恩惠이요, 하고 그토지 말로만 그럴듯하게 떠들었지. 곡식앞에 단 한번도 그 恩惠에 感謝를 올리기 커녕 입으로 먹기 넣어버리던 내가 가진 飽食은 눈에 녹히는 없애고 거룩한 찬송과 眞心으로서의 기도로 그 恩惠에 感謝할수있는 瞬間을 맞게 된 나는 無限히 幸福하였다.

× 月 × 日

집을 떠난지 벌써 5日째. 玄關 복도. 便所掃除로 나의 責任当番을 맞추었다. 지난날 치르다는것은 언제나 집에서 한것이다. 손에 부족하여 疲困을 느끼지는 않으나 13 食口가. 칠사이 없이 드나드는 玄關은. 치워도 흙. 치워도 흙. 고무뿌께 놓아도 흐터지는 신짝에는, 상을 찌푸릴 만큼 질색을 할 지경이었다. 한사람 한사람이 조금만 注意하면 될걸가고 혼자서 중얼거리었다 --- 다음 時間에 ×가 적혀서는 안되겠으니 역시 当番의 責任이니 열번이라도 할수밖에 --

지읍플 떠난지 벌써 5日재재 辻園 부느 便所掃除
도 나의 責任当務을 닧촉앳커 지방을 치바는것을 억대가나
집에서 한것이라. 혼에 구죽하여 痠困을 느끼거든 古으라 18金나

× 月 × 日

오늘은 地下室当番. 순불이 地下室掃除

「오늘저녁에 창작 열개씩만 때주지! 그렇지 않은 境遇에는 알지!! 地下室当番에게 付託」 [illegible]中에 先生任의 눈을 피해가며 던져준 [illegible]동무로서의 편지조각을 머리에 그리며

X월 X일

집을 떠난 지 벌써 5일째, 현관, 복도, 변소 청소로 나의 책임 당번은 정해졌다. 지반을 치운다는 것은 언제나 집에서 한 것이라 손에 익숙하여 피곤을 느끼지 않으나 13식구가 쉴 사이 없이 드나드는 현관은 치워도 흙, 치워도 흙, 고르게 놓아도 흐트러지는 신짝에는 상을 찌푸릴 만큼 질색을 할 지경이었다. 한 사람, 한 사람에 조금만 주의하면 될걸 하고 혼자서 중얼거릴 뿐. 주인일지에 x가 적혀서는 안 되겠으니 역시 당번의 책임이니 열 번이라도 할 수밖에.

파하기가 바쁘듯이 되어올라와 군불을 땔 준비를 始作하니
춥다고 하는 그것보다 여간 부드럽하게 지지 않는다.
늦어지면 어두운 地下室에서 컴컴하게 무서운 마음을 조리고
불 피는 것을 바라보는 그꼴을 면하려 하는 그 心事가 오로지
서툴게 만들어주는 原因이었다. 地下室에서 불을 때다니
steam에서만 그러한 줄 알았는 내가 地下室에서 불을 때라
니. 참 便利하였다. 빈터에 쌓인 장작을 갖다
갖다 할것없이 그 자리에서 집어서 使用하는 것은 特히
준비하지는 귀한 날에 춥지도 않고 좋을 것 같았다.
우리 家庭도 地下室을 만들어 지었는 것보다. 이제야 돈이
지으면 쉽고 利用価値가 많지 않을까 생각된다.
(水道까지 있어 빨래 같은 것을 하는 데도 더욱 便利)
X月X日.
둘째로 누워서 떡먹기는 마당 當番인가 보다. 主人의 서두른
바람에 창을 열어보니 하늘에서 어느듯 흰옷 만물이
잠자는 흙을 다서 촉촉히 땅을 적시며 한모퉁이에 외로이
피어있는 들국화의 보라색은 더욱 아름다워 보이며 더한층
閑寂한 가을을 수놓고 있다. 처마끝에 하루밤을 새우는 참
새동무들도 해돋는 아침이 되었다고 서양로 찬양하듯
고요한 이화동산에 아침의 쎈뽀니를 연주한다.

몸단장도 간단히 apron을 앞에 치고 비자루를 손에 쥐고 이구석 저구석 비질을 하니. 싹싹─ 소리동대 더브러 일어나는 비질 소래는 고요히 잠들었든 梨花동산의 정막을 깨틀기에는 너무나도 두려울 만큼 조용한 이 아침------

흔히 자동차의 소래로 깨트려지는 都市의 새벽은 이 숲밭에 그쳐지며. 참새의 쌍꼬니로서 깨워지는 이곳은 그 얼마나 新鮮한 곳인고.--- 그 얼마나 우리의 身体는 勿論이요. 感情을 부드럽게 만들어주는고─

文明이 發達할수록 더러워저가고 人間의 마음을 좀먹이며 가진 醜惡한 行動과 犯罪가 용솟음치오르는 저 都市

그곳이 무엇 그리 좋은곳이냐─

한고개 넘어손 이동산이 그러한 都市와 對照될때에야 멀리 멀리 떠러진 오막 주식이 무릎 꿇어가고 素朴한 초가집이 옹게 몽게 고히 자리잡고 文明의 사파를 모르는 그 農村이야 오죽 화평하고 좋은가─

닭의 울음소리와 더부러 고함이 들고 밭에 나가 汗水의 勞働으로 피땀을 흘리며 하루를 보내고 달과 더부러 초불 밑에 따끈따끈한 밥상을 놓고 기다리는 그리운 나 잘자는곳 그 집으로 돌아가는 農村의 삶,! 그 얼마나 幸福한 생활이냐. 그러나 왜 人間은 都市로 都市로 몰려드는고─ 農村으로 몰아가지─

X월 X일

오늘은 지하실 당번 군불과 지하실 소제.

'오늘 저녁에 장작 열 개비만 때주어! 그렇지 않은 때에는 알지!! 지하실 당번에게 부탁' 시간중에 선생님의 눈을 피해가며 던져준 S동무의 편지 조각을 머리에 그리며 파하기가 바쁘게 뛰어올라와 군불을 땔 준비를 시작하니 여간 부지런해야 하는 것이 아니다.

늦어지면 어두운 지하실에서 청승맞게 무서운 마음을 졸이고 불타는 것을 바라봐야 하니, 그 꼴을 면하고자 하는 그 심사에서라도 오로지 서두르게 만들어주는 원인이었다. 막상 지하실에서 불을 때다니. steam에서만 그리한 줄 알았을 내가 지하실에서 불을 때고 나니 참 편리하였다. 빈터에 쌓인 장작을 왔다 갔다 할 것 없이 그 자리에서 바로 할 수 있어 좋다. 집에서 사용하면 특히 눈보라치는 겨울날에는 춥지도 않고 좋을 것 같았다. 우리 가정도 지하실을 달리 짓는 것보다 한 집에 같이 지으면 넓고 이용가치가 많지 않을까 생각된다. (학교는 수도까지 있어 빨래 같은 것을 하는데에도 더욱 편리)

X월 X일

둘째로 누워서 떡 먹기는 마당 당번인가보다. 주인이 서두른 바람에 창을 열어보니 하늘에서 어느덧 온갖 만물이 잠자는 틈을 타서 비가 축축이 땅을 적시고 있다. 그 한 모퉁이에는 외로이 피어 있는 들국화의 보라색은 더욱 아름다워 보이며 더 한층 한적한 가을을 수놓고 있다. 처마 끝에 하룻밤을 새어든 참새 동무들도, 해돋은 아침이 되었다고 서광을 찬양하듯 고요한 이화 동산에 아침의 심포니를 연주한다. 몸단장도 가만히, 앞치마를 두르고 빗자루를 손에 쥐고 이 구석 저 구석 비질을 하니 쏵쏵- 손 운동과 더불어 일어나는 비질 소리가 고요히 잠들었던 이화 동산의 적막을 깨트리기에는 너무나도 두려울 만큼 조용한 이 아침…….

흔히 자동차 소리로 깨트러지는 도시의 새벽을 이 눈앞에 그려지며, 참새의 심포니로써 깨트러지는 이곳은 그 얼마나 신선한 곳인고 생각해본다. 그 얼마나 우리의 신체는 물론이요, 감정을 부드럽게 만들어주는고. 문명이 발달할수록 더러워져가고 인간의 마음을 좀먹으며 가진 추악한 행동과 범죄가 용솟음쳐 오르는 저 도시. 그곳이 무엇 그리 좋을 곳이냐.

도시와 한 고개 사이에 둔 이 동산이 이렇게 도시와 대조될 줄이야. 멀리멀리 떨어진 온갖 곡식이 무르익어가고 초가집이 뭉게뭉게 고이 자리 잡고 문명의 사파를 모르는 그 농촌이야말로 오직 신성하고 좋을까- 닭의 울음소리와 더불어 괭이 들고 밭에 나가 충실히 노동으로 피땀을 흘리며 하루를 보내고 달과 더불어 초불 밑에 따끈따끈한 밥상을 놓고 기다리는 드리운 낮잠 자는 곳. 그 집으로 돌아가는 농촌의 삶! 그 얼마나 고귀한 생활이냐. 그러나 왜 인간은 도시로, 도시로 몰려드는고. 농촌으로 돌아가자. 산과 들은 뜻있는 자를 기다리노라. 여기까지 마음에서 그리고 있을 때 식사 준비하는 주인의 부르짖음에 나의 think는 산산이 깨져 주인이 원망스러웠다. 그러나 규칙생활의 위반자 아니 되므로 꿈도 깨치고 들어갈 수밖에……. 나뭇가지에 아침의 노래를 부르던 참새 소리는 여전히 등 뒤에서 짹짹짹.

산과 들을 뜻있는지를 기다리노라. 여기까지 마음에 그리고
있을때 食事準備 다순 主人의 부르지즘에 나의 think 는
산산히 깨치지고 나니 主人이 원망스러웠다.
그러나 未見맞기 前에 真夫婦가 아니되려므니야. 끝도 깨치고 들어
갈수밖에 --- 나무가지에서 아침의 노래를 부르는 참새소리는
여전히 들리여서. 짹짹 짹. …

× 月×日

"오날은 한가위날. 달마중가자"
멀리서 은은히 들려오는 동네아이들의 귀여운 노래소리—
오날이 한가위날이다.

그날저녁은 우리집 뜰앞에서 秋夕노리 겸 [illegible]이
벌리어졌었다.
장반과 같은 둥근달이 동녘솔나무사이로 떠 오를때의 그 景—
詩人아닌 나로서는 어찌 그를 表現하오리오. 오즉이 아——
感歎인지 歎息인지 -- 늦어지못한 한마디——
莊嚴하고 [illegible]望없이 滿月에 充滿한 그 달님의 빛에
머리를 아니 숙일수 없었다. 티끌이라도 찾을만한 밝은 달빛아래
조용하고 고요히 흘러나오는 메로디 — 아름다운 仙女들만이 享樂
을 즐기고 있는 神秘하고 嚴肅한 나라로 이끌어 가게끔 한다.
이 情景의 나라에서 즐겨지는 이 [illegible]이 [illegible]이며 [illegible]

X월 X일

'오늘은 한가위 날, 달마중 가자.'

멀리서 은은히 들려오는 동네 아이들의 귀여운 노랫소리-

오늘이 한가위 날이다. 그날 저녁은 우리 집 뜰 앞에서 추석놀이 겸 음악 감상이 열리었다. 장반과 같이 둥근 달이 동녘 소나무 사이로 떠오를 때의 그 광경- 시인이 아닌 나로서는 어찌 그를 표현하리오. 오로지 '아-' 감탄인지 탄식인지 분명치 못한 한마디. 장엄하고도 원망 없이. 충만한 그 달님의 빛에 머리를 아니 숙일 수 없었다. 티 끝이라도 찾을 만한 밝은 달빛 아래 은은하고 고요히 흘러나오는 멜로디- 아름다운 선녀들만이 행복을 즐기고 있는 신비하고 엄엄한 나라로 이끌어 헤매게 한다. 이 동경의 나라에서 즐겨지는 이 시간 이 순간이야말로 이 이화 동산이 아니고서 어디서 찾아보리- 가만히 앉아 있기가 안타까워 S동무를 끌고 소나무 사이로 산보하니 서늘한 바람은 뺨을 스치고. 오 내 마음 무엇 표현할 길이 없어라.

이 菜苑동산이 아니므서 어대서 찾아 보리—

가 관히 없아 있기라 6월까지 5동무를 끌고 솔나무사이로 散步

하니 시훈한 바람은 벌들 소치ㄹ 또 내마음. 무엇 表現할

길이 없어라—.

×月×日

오날이 開講 부엌때기다.

한가위를 지나 입지 어느세 아침 저녁으로 불어오는 싸늘한

바람. 따뜻한 이 부자리에서 未練을 남게 하나 부엌에

나갈 마음 더욱 간절하다. 초불을 한손에 들고 부엌을

더듬어 나가니. 舍華는 저르게 넘어서는 美人의 爭款소리가

새벽을 깨트리우며 씩씩하다. 쌀 안치고 불 때고

찬 만들기에 분주한 찬 당번의 도마에 닿는 칼질소리에

온 집안식구들은 달콤한 꿈나라를 깨치고 눈코 뜰새없이

바쁜 부엌때기! 불야 불야 맞이고 부엌문을 나서면 학교

갈 시간이 기다리고 있다. 어떻게 끌어가지고 학교에 나가 椅子

에 한자리를 놓을때. 비로소 安樂處를 찾는듯한 나의

한숨이 나온다. 時間中에 筆記하다가 無意識中에 졸이

고에 하하면 表現할수없는 부엌냄새에 별수없구나. 부엌

때기는! 이에서 오늘 저녁거리의 걱정? 무엇을 어떻게

하며 한 材料를 가지고서도 맛나고 좀 맛있고 栄養価

X월 X일

오늘은 소위 부엌데기다. 한가위를 지나서인지 어느새 아침저녁으로 불어오는 싸늘한 바람, 따뜻한 이부자리가 미련을 남게 한다. 촛불을 한 손에 들고 부엌을 더듬어 나가니 금화산 저 고개 넘어서는 군인의 군가 소리가 새벽을 깨트릴 만큼 씩씩하다. 쌀 안치고 불 때며 찬 만들기에 분주한 찬 당번의 도마에 닿은 칼질 소리에 온 집안 식구들은 달콤한 꿈나라를 깨친다. 눈 코 뜰 새 없이 바쁜 부엌데기! 부랴부랴 마치고 부엌문을 나서면 학교 갈 시간이 기다리고 있다. 어떻게 꾸려가지고 학교에 나가 의자에 한 자리를 놓을 때, 비로소 안락처를 찾은 듯한 나른한 숨이 나온다. 시간중에 필기하다가 무의식중에 손이 코에 닿으면 표현할 수 없는 부엌 냄새에 '별수 없구나. 부엌데기는!' 생각한다. 이어서 오늘 저녁거리의 걱정. 무엇을 어떻게 하며 한 재료를 가지고서 색다르고 좀 맛있고 영양가 있는 반찬을 할 수 있을까. 두부조림 그것은 어저께 했지. 그럼 콩나물? 글쎄, 혼자서 자문자답하기에 선생님의 강의는 마이동풍 격이다. 시간이 끝나면 불쏘시개 줍기에 분주하다. 불쏘시개라야 원형 뜨고 남은 종이 짝들이다. "알뜰한 살림살이 하는구나" 하고 놀려대는 동무 소리는 오히려 쾌감을 느낄 만큼 완전한 부엌데기가 되고만 여자의 직분을 어디 가서 면할 수가 있겠느냐. 밤에 불이라도 보내주었으면 그래도 낫겠는데, 침침한 있는 반찬을 할수있는가 유부초밥 그것은 어찌께 했지 그런 음식을?
준비해. 혼자서 自問自答하기에 낮밤을 情義는 [illegible] 接니다.
時間이 끝나면 불쏘시게 솥기에 분주하며 불쏘시게라야
夏草뜨고 남은 종이 짝들이다. 알뜰한 살림사리 하는구나 하고
놀려되는 동무소래는 오히려 快感을 느낄만큼 完全한 부엌
데기가 되고 마니 一女子의 職分. 어디가서 免할수가 있겠느냐.
밥에 불이라도 붙여주었으면 그래도 낫겠는데 칠칠한
깜박거리는 초불밑에 설거지 하기는 더욱 疲勞를 주는것 같다.
1. 씻고 2 비누물 3 헹군물 3段階를 걸쳐서 씻는 설거지.
집으로 偉대함이지. 이렇게 하여 房에 들어와 앉으니 누우고

시픈마음 간절하다. 그와 동시에 흐르는 어머님이 눈눈에
보이며 어머님의 恩惠에 感謝하는 純潔한 눈물은 나의
베갯을 모이 물이 흐른다. 한거름 나가 大解[illegible]다.!
삶에 취여 날뛰는 모르고 자나 깨나 부엌에서 일하는 家族
을 爲하여 犧牲하는 그 부모! 어디서 님의 恩을 求하리.
한심하구나. 아 우리도 한 家庭을 이루면 그같은 立場
을 免할길이 없는가! 아니지 아니지! 너는 무엇을 배웠
느냐. 좀더 科學的고 簡便한 生을 너는 發明하라.
生生히 新한 決心이 솟아진다.
×月×日

깜박거리는 촛불 밑에 설거지하기는 더욱 피로를 주는 것 같다.

1. 씻고 2. 비눗물 3. 더운 물 3단계를 걸쳐서 씻는 설거지!

참으로 위생적이지, 이렇게 하며 밤에 들어와 앉으니 눕고 싶은 마음 간절하다. 그와 동시에 늙으신 어머님이 눈앞에 보이며 어머님의 은혜에 보답하는 순결한 눈물은 나의 뺨을 소리 없이 흐른다.

한 걸음 나아가 대한의 여성! 삶에 헤어날 줄 모르고 자나 깨나 부엌에서 온몸을 가족을 위하여 희생하는 그 고생! 어디서 생의 날을 구하오리. 한심하구나. 아 우리도 한 가정을 이루면 그 같은 생활을 면할 길이 없을까! 아니지 아니지. 너는 무엇을 배웠느냐. 좀 더 과학적인 간편한 생을 너는 개척하라- 앞날에 대한 결심이 굳어진다.

잠이 하고는 가보지도 않은 앵무이가 바구니를 들고 장에 가서
memo 대로 사가지고. 快感을 가득 느낀 그 얼굴로 고개를
넘어오면, 서늘한 솔나무 바람은 땀을 말려준다. 멀리서
우리가 꽃씨를 發見한 우리 食口 同伴들은. 오날은 무슨 좋은
memo 가 살림에 놓였나 하는 好奇心에서 빨리 빨리
오라고 손짓을 歡迎한다. 참 참 幸福한 우리 家庭이니다!
×지사.

저녁이 끝난 후 레코-드를 틀고 앉아서 어제까지의 부엌때기 뒤축
은 물에 씻는 듯 맑게 잊고 시달리든 피로를 회복시킨다.
아- 흥겨이한 家庭 좋은 것. 기쁠때나 슬플때나 바쁠
때나 외로운때나 언제나 나의 마음, 기쁘게 하여준다.
어연간 이 幸福한 집에 들어온지도 열흘이 지났구나.

"어머님의 마음"

나 실때 괴로움 다 잊으시고
기를때에 밤낮으로 애태우는 마음
진자리 마른자리 가려 뉘시며
손발이 다 닳도록 고생 하시네.
하날보다 그 무엇이 높다 하리오
어머님의 정성은 지극합니다

X월 X일

저녁이 끝난 후, 레코-드를 틀고 앉아서 어제까지의 부엌데기 신세를 물에 씻은 듯 맑게 잊고 시달리던 피로를 회복시킨다. 아- 음악이란 항상 좋은 것. 기쁜 때나 슬플 때나 바쁠 때나 외로울 때나 언제나 나의 마음, 기쁘게 하여준다. 어언간 이 행복한 집에 들어온 지도 열흘이 지났구나.

몰래
몰래

1951-1952

조심조심

시작한 연애

여자 주인공이 이만한 트렁크 끌고 기차 타고 여행 가는 게 멋있어 보이고, 부러웠었거든

그땐 거의 휴전 상태였었어. 1.4 후퇴 끝나고……. 대구에서 집도 조금 자리 잡고, 전쟁도 잠잠해지니 언니도 보러갈 겸, 부산으로 피난 갔던 이대도 찾아갈 겸 해서 부산에 놀러 갔어. 그때 언니가 부산에 있는 보건사회부에 계셨거든. 언니가 부산 구경을 시켜줬었는데, 그때 국제시장은 정말 화려했어. 영화 〈국제시장〉 속 그건 아무것도 아니야. 당시 국제시장은 완전 미국 같았어. 전부 미국 물품으로 진열되어 있어서 정말 북적북적했다니까.

그렇게 국제시장을 구경하고 피난 온 모교에 오랜만에 선생님을 뵈러 갔더니 학장님께서 '너 숙진이 잘 왔다. 너 대전여고에서 김영신 교수님이 가사 선생님 한 명이 필요하다고 하시는데 네가 가면 되겠다' 하시더라고. 그때 피난 오신 선생님들이 다들 중고등학교 선생님을 하고 계셨거든. 나는 '집을 한 번도 못 떠나봐서 안 간다'고 대답했지. 혼자 타지에서 살려니까 겁이 나서.

그랬더니 학장님이 지금이 어느 시대인데 놀고 있느냐고 당장 가라고 그 자리에서 바로 김 선생님께 전화하신 거야. 생각지도 못했는데 갑자기 쫓겨가다시피 대전으로 가게 된 거지.

그러고 대구 집에 가서 얘기하니까 집에서도 걱정하시지. 막내딸로 생전 밖에 나가본 적 없는 애가 혼자 대전에 간다고 하니까. 그런데 그때 내가 무슨 생각을 했냐 하면, 영화 〈카사블랑카〉에서 보면 여자 주인공이 이만한 트렁크 끌고 기차 타고 여행 가는 게 멋있어 보이고, 부러웠었거든. 그래서 그걸 나도 해봐야겠다 싶어서 동경심에 갔었어, 그때는. 아이고, 정말 철도 없었지.

연애하면 아주 큰일 나는 줄 알았어

할머니는 연애하면 아주 큰일 나는 줄 알았어.
시대가 그랬어. 바람둥이나 연애하고 그러는 거지.
연애하는 것은 상상도 못했어. 그때는 또 중매쟁이를
통해서 결혼하는 게 대부분이었으니까. 그때 학교에
총각 선생은 할아버지 하나, 미스들은 셋이었고.
미스 선생님 셋은 모두 서울서 피난 온 분들이었어.
한 분은 국어 선생님, 한 분은 무용 선생님, 그리고 나.

그 시절에는 수업만 끝나면 자유였어.
지금같이 학교 선생님들이 하는 다른 일들이 없었거든.
그러니까 총각 선생 한 명과 미스들이 노는 거지.
대전에 '풍미당'이라고 있었어. 예쁜 곳도 아니고
허름한 도너츠 집인데 다 같이 거기 가서 빵 먹고,
시간 있으면 가끔 극장 가서 영화 보고 했지. 그렇게 같이
다니면서 나는 네 할아버지와도, 다른 선생님들과도
친해지게 됐어. 그중에 중앙대 나온 무용 선생이 있었어.

그 무용 선생이 대흥동에 살았는데 할아버지도 대흥동에
살았으니까 늘 같이 출퇴근하고 그러더라고.
그래서 '둘이 친한가보다' 했지. 그런데 추석 때가 되면
나한테 네 할아버지가 호두니 밤이니 갖다주더라고.
그런데 나는 서울서 살았기 때문에 생전 그런 걸
받아보질 못했잖아. 그래서 고맙고 또 신기하더라고.
이 사람 참 좋은 사람이구나 생각했었지.
그렇게 좋은 사람이라고 생각하고 있었는데,
마침 네 할아버지가 쪽지를 건네서 연애를 하게 됐어.
사람들 눈이 있으니 아주 한적한 곳에서 따로 만나거나
보건소에 할아버지 친구가 계셔서 거기에서 몰래
만나기도 하고 그랬지, 대전이 워낙 조그마해서 소문이
금방 퍼지다 보니 조심조심 만났었어.

출석부 안에 쪽지가 하나 있어

교무실 한쪽을 보면 출석부 꽂혀 있는 곳 있잖아.
선생들이 출석부 하나씩 빼고 교실로 가고 그러는 거.
아침에 가서 거기 꽂힌 우리 반 출석부를 열어보면
그 안에 쪽지가 있어. 어디서 몇 시에 만나자, 그런 쪽지가
들어 있었지. 그렇게 네 할아버지랑 약속 잡아서 학교
끝나고 만나고 그랬어. 호호. 또 네 할아버지가 내가
교무실에 이렇게 앉아 있으면 내 뒤를 지나가면서
발로 툭툭 쳐. 그때 그렇게 슬쩍 옆 선생님들 모르게
장난치고 가고 그랬어. 우리끼리의 사인이었지.
몰래몰래 조심해서 만나서 결혼할 때까지는 아무도
몰랐어. 우리가 만난다는 사실을.

우리들의 이야기[3]

- 윤형주 -

웃음 짓는 커다란 두 눈동자

긴 머리에 말없는 웃음이

라일락 꽃향기 흩날리던 날

교정에서 우리는 만났소

밤하늘의 별만큼이나

수많았던 우리의 이야기들

바람같이 간다고 해도

언제라도 난 안 잊을 테요

3 피지의 전통적인 노래 〈이사레이Isa-Lei〉를 가수 윤형주가 번안한 곡. 할머니는 가사 속에 할아버지와의 이야기가 담겨 있다며 이 노래를 즐겨 부른다.

비가 좋아 빗속을 거닐었고
눈이 좋아 눈길을 걸었소
사람 없는 찻집에 마주 앉아
밤늦도록 낙서도 했었소
밤하늘의 별만큼이나
수많았던 우리의 이야기들
바람같이 간다고 해도
언제라도 난 안 잊을 테요
언제라도 난 안 잊을 테요
언제라도 난 안 잊을 테요

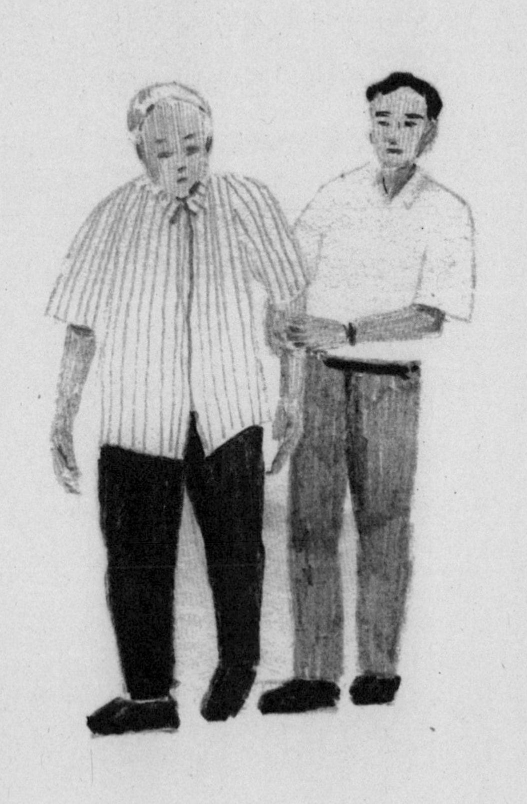

슈샤인 쪽지

교제를 시작했으니 부모님께 허락을 받아야 하잖아.
그래서 내가 방학하고 대구로 내려오니까 네 할아버지가
승낙을 받으려고 대구로 내려오신 거야. 그때 웃기는 게
직접 연락하지도 않고, '슈샤인 보이'들한테 시켰더라고.
걔네들이 대문을 열고 들어오면서 쪽지를 전해주는 거야.
누가 이거 전해주는데 받아보시라면서.

쪽지를 받아서 봤더니 우리 집 주변 어디 쪽에
와 있다는 거야. 그걸 보고 내가 나가서 집으로 데리고
왔지. 그때 처음으로 아버지께 인사드렸어. 난 모르지만
아버지는 아마 이것저것 물어보셨을 것 같아. 네 할아버지
집안은 어떤 집안이고, 몇 남매의 몇 째고 그런 것들.
난 아무것도 몰랐거든. 정말 사람만 본 거야. 내가 다
포기했을 때잖아. 미국 유학도 못 가고, 공부도 더 못하고,
그렇다 보니까 그런 돈, 명예 이런 거 다 필요 없다, 나만
사랑해주고 아껴주면 된다 싶었던 거야. 그래서 난 그 사람
배경에 대해서는 하나도 모르고 결혼했어 생각해보면.
바보인 건지 순진한 건지 호호.

그런데 구 선생은 너를 아껴줄 것 같다

이대 가정과 식품학과 교수님이었던 김영신 선생님이 계셨어. 처음 내가 대전 왔을 때는 그 선생님 댁에서 살았어. 그분이 이렇게 빼빼하고 예민하신 분이었는데 전쟁 때 혼자 되셨거든. 그분이 내 은사님이셨으니까 여쭤봤지. "제가 요즘 구 선생님을 만나는데 어떡하면 좋을까요?"

그랬더니 선생님이 "남자는 뭐니 뭐니 해도 진실하면 되고, 나를 아껴주는 사람이면 돼. 그런데 구 선생은 너를 아껴줄 것 같다. 지금은 별 볼 일 없지만 너를 아껴줄 것 같다." 그러셨었지.

그때 할머니 생각에도, 그때는 전쟁통에 돈이고 명예고 다 잃었지, 할머니는 또 돈에 대한 궁핍을 모르고 살았기 때문에 세상물정은 모르지, 그러니까 사랑하는 마음 하나면 결혼해도 되겠구나 싶었던 것 같아.

호호

1952-1953

신식 결혼을 하다

결혼식을 하다가 그냥 주저앉았지 뭐니

구씨네 집안에서 할아버지 할머니가 턱시도 입고 면사포 쓴 첫번째 서양식 결혼을 했어. 묘각사라는 절에서 결혼식을 했는데 거기에 큰 강당 같은 것이 있었어. 거기서 식을 올렸어. 근데 결혼식을 하다가 할머니가 그냥 주저앉았지 뭐니. 호호. 할머니 때에는 결혼식이 굉장히 길었거든. 주례사도 길었는데 그것보다도 축사들이 정말 길고 많았어. 특히 할아버지께서 교직에 계시니까 친구들 있지, 선배들 있지, 스승님들 계시지. 다들 길게 축사를 적어 와서 낭독하시는 거야. 하여튼 식이 아주 오래 진행됐어. 불편한 복장을 하고 야외에서 긴 시간을 서 있으니까 갑자기 어지러워서 식을 진행하고 있는 도중에 내가 가만히 주저앉아버렸어. 그러니까 사람들이 얼마나 놀라. 생각을 해봐라 신부가 갑자기 쓰러지는데. 다들 놀라서 나를 데리고 옆방에 가서는 물 먹여주고 손발을 주물러주고 하니까 내 정신이 다시 들었지. 그렇게 정신 차리고 나와서 결혼식을 겨우 마쳤단다.

아침에 밥 해 먹고 같이 손잡고 출근한다는 것

내가 그때 결혼을 왜 했느냐면, 나 대전여고에 있을 때 할머니는 처음 집을 떠나왔고, 대전도 처음이고, 아는 사람도 하나도 없고, 그렇다 보니까 네 할아버지만 의지하고 살았던 거야. 그리고 어린 생각에 내가 그동안 스스로 뭔가를 해보지를 못했잖아. 다 누군가의 보조만을 받고 살았기 때문에 내가 결혼해서 같이 살면서 이렇게 누구를 밥을 해서 주고 챙겨주고 그런 게 재밌을 것 같았어. 소꿉장난같이 그냥. 그런 거에 대한 동경도 있었고. 그러고서 아침에 밥 해 먹고 같이 손잡고 출근한다는 것, 그런 것도 해보고 싶고. 그래서 결혼했지. 결혼을 발표하고, 같은 학교에 근무할 수가 없어서 할머니가 대전여중으로 전근했어. 그래도 두 학교가 가까이 있어서 아침에 같이 대전여중, 대전여고로 출근하다보면 그때 대전여고 애들이 우리를 보고 네 할아버지께 산토끼 선생님이랑 같이 온다고 놀렸대. 그때 내 별명이 산토끼 선생님이었거든, 눈이 동그랗고 키가 작아서.

그것도 신혼여행이라고 할머니는 밤새

오매불망 할아버지만 기다렸어

할아버지 할머니는 유성온천[4]으로 신혼여행을 갔었어. 그때 유성만 해도 굉장히 먼 줄 알았어. 그 시절은 신혼여행도 거의 안 가는 때였으니까. 여행을 가는 것만으로 기뻤지. 구씨 집안에서 신식 결혼은 첫 테이프를 끊고 신혼여행도 처음 간 거야. 나도 서울서 내려왔고, 이대도 나왔고 하니까 신식 여성으로 보고 가족들도 모두 우리가 당연히 신식 결혼을 한다고 생각하셨던 것 같아. 이해해주신 거지.

네 할아버지도 그때만 해도 전통적인 것을 많이 벗어난 개혁적인 사상을 가졌기 때문에 본인도 신식 결혼으로 해야겠다는 그런 마음이 있었던 것 같고. 그래서 우리는 서양식으로 결혼식 올리고 신혼여행도 간 거지. 당시에는 뭐 타고 갈 것도 없으니까 택시 타고 갔었어. 사진기는 빌려서 갔을 거야.

4 대전에 위치한 온천 단지.

근데 그때는 왜 그런 풍습이 있었는지 몰라. 신혼여행에 할아버지 친구들이 몇 명이나 쫓아와가지고 할아버지 데리고 나가서 밤새 술 마신 거 있지? 그래서 할머니는 밤새도록 할아버지를 기다렸어. 그러더니 할아버지를 새벽녘에야 들여보내더라고. 옛날에는 신랑 친구들이 발바닥 때리면서 신랑을 골탕 먹이잖아. 할머니 때는 그렇게는 안 하고 신혼여행에서 데리고 나가서 놀려 먹은 거지. 그것도 신혼여행이라고 할머니는 밤새 오매불망 할아버지만 기다렸어.

가는 내내 "바로 여기다, 다 왔다" 하는 말에 속아서 간 거야

공주 할아버지 댁, 그러니까 나한테는 시댁이지. 결혼하고서 시댁을 처음 가는 날이었어. 시댁 가는 길이 그 시절에는 종촌역까지밖에 차가 안 다녔어. 처음 공주에 인사드리러 가는 날, 종촌역에 내려서 거기서부터 걸어서 가는데, 난 고무신은 안 신어봐서 고무신 말고 단화를 신고 갔었어. 그게 더 편하니까. 근데 할아버지가 한 고개 넘으면 저기 가리키면서 저기 조금만 가면 자기 집이래, 또 한 고개 넘으면 이제 다 왔대. 그렇게 가는 내내 "바로 여기다, 다 왔다" 하는 말에 속아서 간 거야.

가는 길에 '송학리'라는 마을이 있는데, 거기 보니까 기와집이 있거든 또 네 할아버지가 거기를 가리키면서 저기가 우리 집이라는 거야. 그래서 할머니는 또 다 온 줄 알고 다시 머리를 빗고, 옷매무새를 다듬고, 이제 신을 고무신으로 갈아 신기 위해 버선을 신으려고 하는데 할아버지가 또 갑자기 신지 말라는 거야. 거기가 자기네

집이 아니었던 거지. 그렇게 또 송학리에서부터 한참을 또 걸어서 도착했지. 결국 종촌역부터 30리를 걸었어. 생전 안 걸어보던 사람이.

힘들게 갔는데 또 시댁에 들어가니까 캄캄하니 무서워. 나는 반짝거리는 도시에서 살던 사람인데, 공주 시댁은 전기도 없이 호롱불만 켜 있고 어둡잖니. 그땐 시댁이라서 불편하기보다는 그런 산골을 처음 와본 거니까 두려움이 앞섰어.

그땐 그 마루가 왜 그렇게 커 보였는지 몰라

아주 커보였었어

그때는 완전히 다 집에서 만들어 먹을 때잖아. 고춧가루, 보리 같은 것들도 다 절구로 찧고 그랬을 때야. 그래서 할머니는 시댁만 오면 너무 신기했어. 처음 산골에 와보니까 모든 것이 새로웠지. 그때 시부모님도 할머니는 신식 며느리라고 힘든 일들은 한 번도 안 시키셨어. 큰 형수들은 내가 얼마나 미웠을까. 그분들은 절구질하고 궂은 일 다 하시는데 할머니는 신식 며느리라고 일을 안 시키니까.

또 네 할아버지가 얼마나 교육을 시켰는지. 집에 계시는 큰 형수들이 도시에서 살고 싶은 게 한이 돼 있는 사람들이니까 절대 도시 사람 티내지 말라고 하도 당부를 하셔 가지고……. 시댁에만 오면 쥐 죽은 듯이 있다가 이거 하라면 이거 하고, 저거 하라면 저거 하면서 보냈지.

공주 큰 집에 와서는 마루 청소는 내가 담당했어.

다른 것은 못 시키니까, 워낙 잘하지도 못했고, 그래도

청소는 할 수 있잖아. 그러니까 내게 매번 청소를

시키시는 거지. 지금 보면 공주 집 마루가 그렇게

큰 마루도 아닌데 그땐 그 마루가 왜 그렇게 커보였는지

몰라. 아주 커보였었어.

결혼한 지 이제 6개월째인데,

과부가 되게 생겼으니까

결혼하고서 신혼집은 현재 유성 쪽 성심병원 원장의 동생 집이었어. 그 집 바깥 채에 살기 시작했는데, 주인 집 안채에 불이 나는 바람에 우리 집도 홀딱 타버렸지 뭐야. 그때 우린 신혼이었으니까 살림도 많지 않아 눈에 보이는 것만 다 끄집어 들고 나와 언덕에 올라가서 집이 타는 것을 지켜봤어. 결혼한 지 3개월 만에 집이 불타고, 이박사라는 아주 부유한 가정 별채에 잠시 임시로 살게 됐는데, 그때 하필 네 할아버지 영장이 나온 거야.

결혼한 지 6개월 되었는데 말이야. 과학 선생님들은 전쟁 막바지까지 데려가지 않았는데, 전쟁 막 끝나갈 즈음에 영장이 나와서 머리 밀고 동원된 거지. 그 시절엔 정말 길에서 남자 찾아보기가 힘들었어. 다들 전쟁에 병사로 끌려가서……. 제2 국민병으로 네 할아버지도 똑같이 이제 전쟁에 나가게 된 거지. 주변에서 다들 내 걱정을 해줬어.

우리 결혼할 때가 연애해서 결혼하는 커플이 드물 때라
대전 안에서 아주 떠들썩했거든. 그런 부부였는데,
이제 겨우 결혼한 지 6개월째인데 과부가 되게 생겼으니까
다들 걱정했지. 많은 사람들이 걱정해주고 기도해줘서
그런지 얼마 지나지 않아 할아버지께서 무사히
돌아오셨어. 네 할아버지 전쟁 나갈 때에 학교 학생들이
태극기에 격려의 글을 써줬는데, 그게 아직도 남아 있단다.

武運長久

할머니의

연애
편지

先生任 !!

失望에 가득찬 답답한 가슴 안고 이제 막 房에 돌아왔읍니다.
돌아와 보니 主人없는 房 어둠에 잠긴채 저를 맞아주는군요, 아직 宋先生任도 오시지를
않았읍니다, 어쩌도 不快한지 hand bag 를 내던지고 그대로 누워버렸읍니다,
오늘 밤의 나라는것이 몹시도 무섭습니다. 狂人처럼 밤거리를 헤메이는 女人!
市公館에서 先生任과 헤진후. 溫陽屋에서 장국밥을 얻어먹고 茶房에 가자는
請을 뿌리치고. 여러 先生任과 헤지니 때는. 7時30分!
"오늘 이모가 오라고" 하였다고 마음없는 그짓말을 남기고 1時間을 利用하여 이모님에
갔었읍니다. 가니 7時45分. 5分間 앉았다가. 8時 二刻에 내 발길은 道立病院으로
달리였읍니다. 눈앞에는 보이는것없고 오직 病院앞의 先生任의 幻影 뿐. 어두운 길을
구뎅이에 펑펑 빠져가며. 뛰다싶이 하여 病院까지 이르렀읍니다, 온 몸에는 구슬같은
땀! 다리쪽으로 洋服店 있는곳으로 警心館 가는쪽으로 이리 저리 찾아보아도 찾는 그림자
찾을길 없어. 초조하고 안타까움 무엇에 比하오리! 만남이란 어쩌게도 苦難한 것인지.
사랑이란 할것이 아니구나. 오시지 않을리 없는 先生任! 어이하야 그대의 그림자 안보이는지
狂人처럼. 왔다 갔다 왔다갔다. 헤메이고 나니. 뎅뎅.... 9時를 가르키는 時計소리.
精神이 아찔하고 그만 주저앉고 싶은 마음. 失望과 悲心! 先生任 어데 계십니까 —
소리치고 싶었으나. 차마! "未安합니다. 못만나뵙고 失心해서 돌아갑니다" 한마디. 그자리에
남겨놓고. 발을 돌리니 무겁기 限없어. 理由를 모르는 무거운 머리. 아픈 가슴 안고
허덕 허덕 흑흑…… 障壁의 門이 닫친것처럼 답답한 이 가슴. 公州에 갔다 오신 消息.
片紙로 보내주심이 어떻습니까. 先生任.! 이제는 疲困할때로 疲困하여졌읍니다.
머리도 멍하고 다리도 아프옵니다. 지금은 지금은 무엇을 하고 계실가 ....悪夢의 날이었읍니다 [순진].

편지 하나

선생님!!

실망에 가득 찬 답답한 가슴 안고 이제 막 방에 돌아왔습니다.
돌아와보니 주인 없는 방, 어둠에 잠긴 채 저를 맞아주더군요.
아직 송 선생님도 오시지를 않았습니다. 어찌도 불쾌한지 handbag을
내던지고 그대로 누워버렸습니다. 오늘 밤에 나라는 것이 몹시도
무섭습니다.

광인처럼 밤거리를 헤매던 여인, 시공관에서 선생님들과
헤어진 후 온양옥에서 장국밥을 얻어먹고 다방에 가자는 청을
뿌리치고 여러 선생님들과 헤어진 때는 7시 30분, 오늘 이모가 오라고
하셨다고 마음 없는 거짓말을 남기고 한 시간을 이용하여 이모 댁에
갔었습니다. 가니 7시 55분, 5분간 앉았다가 8시 정각에 내 발길은
도립병원으로 달리었습니다. 눈앞에는 보이는 것 없고, 오직 병원 앞의
선생님의 자태뿐. 어두운 길을 구덩이에 펑펑 빠져가며 뛰다시피 하여
병원까지 이르렀습니다. 온몸에는 구슬 같은 땀, 다리 쪽으로
양복점 있는 곳으로 경심관 가는 쪽으로 이리저리 찾아보아도 찾는
그림자 찾을 수 없어. 초초하고 안타까움 무엇에 비하오리.

만남이란 이렇게도 고난한 것인지. 사랑이란 할 것이 아니구나.
오시지 않을 리 없는 선생님. 어이하여 그대 그림자 안 보이는지.
광인처럼 왔다 갔다 왔다 갔다 헤매고 나니 땡땡 9시를 가리키는
시계 소리. 정신이 아찔하고 금방 주저앉고 싶은 마음. 실망과 낙심.
선생님 어디에 계십니까. 소리치고 싶었으나 차마…….

"미안합니다. 못 만나 뵙고 실심해서 돌아갑니다."

한마디 그 자리에 남겨놓고 발을 돌리니 무겁기 한없어.
이유를 모르는 무거운 머리, 아픈 가슴안고 허덕허덕 홀로…….
장벽이 문이 닫힌 것처럼 답답한 이 가슴. 근데 공주에 갔다 오신 소식.
편지로 보내주심이 어떠십니까? 선생님. 이제는 피곤할 대로
피곤하였습니다.

머리도 띵하고 다리도 아파옵니다, 지금은 무엇을 하고 계실까.
악운의 날이었습니다.

숙진

No 1

My Dear!!

7/7 [illegible] 빠졌지. 天井을 뚫을듯 무서운 暴雨가 새벽녘에 나리었읍니다. 대단히 무서운 剎那였지요. 사흘을 長霖을 象徵하는듯 실실부리로 비는 나리고 있읍니다. 며누리 친정가서 三年 장마라드니, 나를 두고 발걸음인지 어제도 비는 자주 오는지요. 하늘이 원망스럽습니다. 가축이나 침울에 잠긴사람에게 日氣조차 冷淡하게 대해주는군요. 오늘은 [illegible]가 떡을 하여주었읍니다. 콩박은떡! 콩을 보니 당신생각 더욱 간절합니다. 그렇게도 좋아하시는 콩. 홀로 먹음이 罪스러워 당신생각에 많이도 못먹었지요. 콩한톨도 반쪽씩 나누어먹었으면. 追憶들이 떠오르니 외기러기 홀로 있는것 같아 당신곁에 가고픈 마음. 어찌할수 없읍니다. 어제 [illegible]이가 "날아가는 孔雀"이란 戲曲集을 빌려다주었읍니다. 서글픈 心情. 抑制하려고 讀書하기에 精力을 다 바쳤읍니다. 別로 興味가 있는것은 아니였만. "時間가시"로. 暫間 [illegible]해볼가요. 그대의 곁에 앉아서 속사기듯 귀를 기우리고 들어주세요. 네? 富裕한 家庭에 家庭教師로 있는 苦학生과 그집의 두 姉妹 간에 演出되는 △Love를 빛어낸것입니다. 언니는 [illegible] 동생은 [illegible] [illegible] 虛榮에 쌓인 [illegible] 世代. [illegible]는 純[illegible]하고 [illegible] 마음

1

[illegible] 女性 [illegible]. [illegible]과 家庭教師間에 [illegible]하여지고 사랑은 [illegible]가 [illegible] [illegible]가 盜賊이란 [illegible] 씌워 家庭教師를 追放합니다. 버림을 받은 苦학生 [illegible] [illegible]生活 가시밭의 社會의 [illegible]에 시달려. 어디가도 돈! 저기가도 돈! 即 돈을 원수로 쓰라린 苦痛을 당하자. [illegible] 돈을 벌어야겠다는 돈으로 복수를 하려고. [illegible]을 組織하여. [illegible] [illegible] [illegible]가 鬪爭하겠다는 story 입니다. 여보! 이제는 [illegible]場面을 보았는데 興味를 이르키지 않는군요. 웨그럴가? [illegible]는 당신이 해주세요. 그러면 오늘은 이만하고 來日도 글을 뵈옵지요. 來日도 당신의 글을 볼수있겠지요.

7/8 오늘은 날도 개이고 [illegible]이 아침부터 氣分이 爽快하였읍니다. 그러고 보니 11時30分. 당신의 글을 손에 확실히 받았읍니다. 어제도. 어제도 반가운지. 미칠것같았지요. 당신의 손을 대하는듯한 [illegible]! 가슴은 鼓動. 손은 震動. 눈시울은 눈물. 더 形容할수가 없읍니다. 오즉 기쁠뿐. 그렇게 나를 기쁘게해주신 글월을 이제야 주시는지. 원망이 더욱 컸지요. 흐르는 눈물을 억누르고 한참 [illegible] [illegible]고 또 읽었읍니다. 不便없이 [illegible]히 계시다니 더욱 반가웁니다. 그동안 얼마나 [illegible]하셨을[illegible] 당신의 [illegible]의 生活이 目前에서 보는같읍니다. 마치 [illegible]燈과 같이

No. 2

萬鎰이가 學校에 가고 옆에서 잤는곳을 몰라 찾아가 여기에 그냥 繼續합니다. 春빛이세요.
每日 저녁 찾아오는 Miss 와의 저녁거리 散步 방안에서의 遊戲. 10時까지 [illegible]거리를
彷徨하시는 당신의 모습을 그릴때 無限히 幸福스러우신것 같습니다. 아무쪼록 재미있게 [illegible] 없을때
마음껏 즐기시세요. 來後에 後悔가 없으시도록. 그러나 熱이 過하면 發狂이 생기니, 지나치게 즐기시고
[illegible]. 過激은 삼가지 마시도록 後日을 考慮하여. 適當히 消日하심이 어떨습니까.
은근히 [illegible]가 나세요. 호호…. 學校도 몹시 煩雜한 양. 당신의 鎰[illegible] [illegible] 無事히
[illegible]하실줄 믿습니다. 아실이의 消息도 잘 들었습니다. 얄궂은 運命이라드니. 幸은 잡을듯
하면서도 못잡는것인가 봅니다. 너무도 안타깝군요. 다음에도 繼續하여 結果를 알려주세요.
이제는. 어린아이모양 당신의 歸來만 苦待할뿐입니다. "相逢" 생각만 하여도 마음구석에
希望이 봄소슴처 오릅니다. 당신을 뵈올 날만이 最高의 幸福일 날인것만 같아요.
일찌기 當해보지 못한 그리움입니다. 하기는 "結婚後". 처음 當해보는 오랜 [illegible]이기에.
잊으시지 말자. 하면서도 [illegible] [illegible]에 오고하니 어찌 당신 생각을 떼놓수가 있을까요
오죽 보고파. 그래서 하는 말은 數百번 적어서 보내고 싶을뿐입니다.
글을 쓰면서도 날아가 보고픈 心情 [illegible]합니다. 그저 그러나 어찌할수 없는 [illegible]. 오죽 꼭
참아야지요. 오늘은 당신의 글월을 읽어서인지 지루하든 하루가 빨리 가는것 같습니다.

No. 3

[illegible] 받았으면…. 지나친 欲心이겠지요.
3/9 Hand bag에 간직한 당신의 글월을 또 읽고 마음을 慰安시켰습니다.
당신의 글월을 간직하고 있다는것 만도 스스로 기쁘니까요. 오늘은 家庭百科事典이란 冊을
默讀하였습니다. 內容을 簡單히 外우시든 大姉에 오실적에 보여들이지요. 그러나 곧
[illegible]는 하[illegible] 말아요. 지금은 저녁을 먹고 났습니다. 어스름한 달빛이 비추이어옵니다. 아버지와 [illegible]는
아버님하여 市長宅에 訪問 가셨습니다. 혼자서 마루턱에 앉아 모기를 쫓고 있으려니. 가신 어머님
생각이 저절로 마음을 상해주는군요. 지금은 어데가 계시는지. 不然듯. 뵙고 싶어 남몰래 눈물집니다.
어머니 없는 孤兒! 남의 설움이 느껴지는것이 ……
그러나. 그래도 당신의 계심을 생각하면. 또 스스로 慰安가 됩니다. 오로지 당신에게 依支[illegible]는
心情만이 굳어지는것 같군요. 더 [illegible]하기가 두려워. 오늘은 이만 끝이겠습니다.
※ 모기와 [illegible]하며 밤을 새워야지요. 여보! 여보! 安寧히 주무세요. 나도 잘랍니다.
당신의 글월을 받기전에 보내들인 글은 받으셨는지. 또 答狀 많이 주세요. 네. 네.

당신을 그리워하는 아내로 부터.

편지 둘

My dear!!

7/7

번개가 번쩍, 천장을 뚫을 듯 무서운 폭우가 새벽녘에 내리었습니다. 대단히 무서운 찰나였지요. 지금은 장마를 상징하는 듯 심심풀이로 비는 내리고 있습니다. 며느리 친정 가서 3년 장마라더니 나를 두고 말함인지 어찌도 비는 자주 오는지요. 하늘이 원망스럽습니다. 가뜩이나 침울에 잠긴 사람에게 일기조차 냉-하게 대해주는군요. 오늘은 서모가 떡을 하여 주었습니다. 콩 박은 떡! 콩을 보니 당신 생각 더욱 간절합니다. 그렇게도 좋아하시는 콩, 홀로 먹음이 죄스러워 당신 생각에 많이 못 먹었지요. 콩 한 톨도 반 톨씩 나누어 먹었던, 추억이 떠오르니 외기러기 홀로 있는 것 같아 당신 곁에 가고픈 마음. 어찌할 수가 없습니다. 어제 국진이가 『날아가는 공작』이란 희곡집을 빌려다 주었습니다. 서글픈 심정, 억제하려고 독서하기에 정력을 다 바쳤습니다. 별로 의미가 있는 것도 아니었건만. '시간 때우기'죠. 잠깐 소개해드릴까요? 그대가 옆에 앉아서 속삭이듯, 귀를 기울이고 들어주세요. 네? 부유한 가정에 가정교사로 있는 고학생과 그 집의 두 자매간에 연출되는 삼각 Love를 빚어낸 것입니다.

언니는 보희, 동생은 보주. 보희는 허영에 쌓인 흔히 볼 수 있는 전형적 여성, 보주는 순진하고 아리따운 귀여운 여성으로 보주와 가정교사 간에 얽히어진 사랑을 질투가 많은 보희가 도적이란 누명을 씌워 가정교사를 추방합니다. 버림을 받은 고학생 정처 없는 방황생활 가시밭의 사회의 황포에 시달려. 여기 가도 돈! 저기 가도 돈!
즉 돈을 원수로 쓰라린 고통을 당하자 결국 돈을 벌어야겠다는 돈으로 복수를 하려고 총각회를 조직하여, 뭇여성과 특히 보희와 투쟁하겠다는 story입니다. 여보! 이제는 연애 장면을 보아도 흥미를 일으키지 않는군요. 왜 그럴까? 답변은 당신이 해주세요, 그러면 오늘은 이만하고 내일도 글로 뵈옵지요. 내일쯤은 당신의 글을 볼 수 있겠지요.

7/8
오늘은 날도 개고 공연히 아침부터 기분이 상쾌하였습니다. 그리고 보니 11시 30분, 당신의 글을 손에 확실히 받았습니다. 어찌도, 어찌도 반가운지 미칠 것 같았지요. 당신의 손을 대하는 듯한 촉감! 가슴은 고동, 손은 진동, 눈시울은 눈물. 더 형용할 수 없습니다. 오직 기쁠 뿐, 그렇게 나를 기뻐해주실 글월을 이제야 주시는지, 원망이 더욱 컸지요.
흐르는 눈물을 억누르고 한 자 빠짐없이 읽고 또 읽었습니다.
불편 없이 무사히 계시다니 더욱 반갑습니다. 그동안 퍽이나 분주하셨든 양 당신의 매일의 생활이 목전에서 보는 것 같습니다.

마치 주마등과 같이 국진이가 학교에 가고 종이가 있는 곳을 몰라 찾다가 여기에 그냥 계속합니다. 용서하세요. 매일 저녁 찾아오는 miss와의 저녁 거리 산보. 방 안에서의 유희. 10시까지 중동 거리를 방황하시는 당신의 모습을 그릴 때 무한히 행복스러우신 것 같습니다. 아무쪼록 짜증내는 혹이 없을 때 마음껏 즐기시지요. 차후에 후회가 없으시도록. 그러나 열이 과하면 발광이 생기니, 지나치게 즐기시고 귀가 후 추방은 당하시지 마시도록. 후일을 참작하여 적절히 소일하심이 어떻습니까. 은근히 질투가 나서요. 호호…….

학교도 몹시 복잡한 양. 당신의 예리한 두뇌로서 열심히 처리하실 줄 믿습니다. 아심이의 소식도 잘 들었습니다. 얄궂은 운명이라더니 행은 잡힐 듯하면서도 못 잡는 것인가봐다. 너무도 안타깝군요. 다음에도 계속하여 결과를 알려주세요. 이제는 어린아이처럼 당신의 방학만 고대할 뿐입니다. '상봉' 생각만 하여도 마음 구석에 희망이 용솟음쳐 오릅니다. 당신을 뵈옵는 날만이 최후의 행복한 날일 것만 같아요. 일찍이 당해보지 못한 그리움입니다. 하기는 결혼 후 처음 해보는 오랜 이별이기에 상심치 말자 하면서도 종일 묵묵히 있으려니 어찌 당신 생각을 떠날 수가 있을까요. 오직 보고파 그리워하는 말을 수백 번 적어서 보내고 싶을 뿐입니다. 글을 쓰면서도 날아가 보고픈 심정 태산 같습니다. 그러나 그러나 어찌할 수 없는 처지. 오직 꾹 참아야지요. 오늘은 당신의 글월을 읽어서인지 지루하던 하루가 빨리 가는 것 같습니다. 매일같이 받았으면……. 지나친 욕심이겠지요.

7/9

Hand bag에 간직한 당신의 글월을 또 읽고 마음을 위로시켰습니다. 당신의 글월을 간직하고 있다는 것만도 스스로 기쁘니까요. 오늘은 가정백과사전이라는 책을 묵독하였습니다.

내용은 숙제로 미루어두고 대구에 오실 적에 보여드리지요. 그러나 큰 기대는 하지 말아요. 지금은 저녁을 먹고 났습니다. 어스름한 달빛이 비추어옵니다. 아버지와 서모는 시장 댁에 방문 가셨습니다. 혼자서 마루턱에 앉아 모기를 쫓고 있으려니 가신 어머님 생각이 저절로 마음을 상해주는군요. 지금은 어데 가 계시는지, 불현듯 뵙고 싶어 남몰래 눈물집니다.

어머니 없는 고아! 남의 일같이 느껴지던 것이……. 그러나 그래도 당신이 계심을 생각하면 또 스스로 위로가 됩니다. 오로지 당신에게 의지하려는 심정만이 굳어지는 것 같군요. 더 상심하기가 두려워, 오늘은 이만 끝이겠습니다.

* 모기와 투쟁하며 밤을 새워야지요. 여보! 여보! 안녕히 주무세요. 나도 잘랍니다. 당신의 글월을 받기 전에 보내드린 글을 받으셨는지. 또 답장 많이 주세요. 네. 네.

당신을 그리워하는

아내로부터.

N·1

My. Dear !

이제야 "椿姬"의 小說을 完全히 한字 남김없이 읽고 났읍니다. 더위가 苦悶이었는지. 椿姬속의 사랑에 陶醉했는지 흐르는 땀을 씻으려 洗手하고 不然失. 당신이 보고 싶어 狂人처럼 펜을 손에 하였읍니다. 오늘이나. 오늘이나 하고 당신의 그리운 글의 발자취를 苦待하였읍니다마는. 配達夫는 아침에 冷情히도 집앞을 지나가 버리고 때는 時計針이 三時를 훨신 넘었으니 기다림은 오늘도 虛事인듯 싶읍니다. 27日 당신을 홈에서 作別하고 돌아가시는 뒷姿態를 물끄러미 바라보며 形容할수 없는 感情의 회리안에 精神이 몽롱하여지는 것을 미처 깨닫자. 그대로 無意識中에 南英이의 손목을 쥐고 홈을 나와 버렸읍니다. 가따도 당신이 나를 찾으실 때에는 이미 나의 그림자는 驛前에 찾을수 없었는것입니다. 途中에 걸어오다. 時計를 보니 11時30分 發車時間이 온것을. 아 나는 마음이 急해. 꼭 發車하는것을 보지 못했을고…. 後悔가 되었읍니다마는…… 그날부터 사흘이 지났읍니다. 어찌도 지루하고 긴 時日이었는지

四個月. 아니 四年이나 되는듯. 앞으로 한달을 기다릴 생각을 하니. 지루하고 답답한 心情 禁할길 없어. 훨훨 날아가고픈 심정 간절하옵니다. 28日에는 하루終日 비가 퍼부었읍니다. 당신이 계신 大田에도 비는 오셨는지요. 비오는 밤은 더욱 서글픔. 寂寞을 이길수 없어. 讀書에 모든것을 犧牲시키고 있읍니다. 하는것없이 無意하게 日夜를 거느리다. 이곳에 와서 맥을 놓고. 몸을 잃은 羊처럼. 默默히 돌아누웠다가는 앉았다. 책을 뒤적거리다 新聞에 눈을 부쳤다. 지나가는 行人을 바라보았다. 時計의 바늘질을 보고 지금쯤은 朝飯 잡수시고 出勤하실 時間. 지금은 학교에서 아마도 講義時間中. 지금은 退勤하셨을까. 뒷山에 散步라도 하고 계시지나 않는가. 밤이면. 조용히 冊을 보시다가 자리에 누우셨겠지. 時計針의 回轉과 더불어 당신의 生活錄을 映畵의 스크린같이 그려보다 하루해를 보냅니다. 오직 당신의 그림자가 내가슴에 한자리를 찾이하고 있기에 또한 相逢할수있는 기다림 있기에 모든것을 克服하고 그로서 希望을 갖고 滿足하고 있읍니다. 오직 時日이 화살처럼 빨리 가버렸으면 하는 갈증뿐입니다. 그러고보니 어지간히 時日이 多한것 같지요. 運動을 하지않는 탓인지. 젊음이

No. 2

食事는 할수없고 그저 저의 食慾만은 줄지지않고 健康은 維持하고 있읍니다. 輕運動은 하는것이 오히려 좋은것같애서. 부엌일이라도 도와볼라며는 너무나도 자근어머니의 溫情에 손끝하나 꿈쩍거리지못하게 하여. 오히려 未安한 지경입니다. 未知의 兒도 健康하게 쉴새없이 活動을 하고 있읍니다. 分娩期에 들어서인지 요사히는 더욱 더욱 큰것 같읍니다. 한결같이 平安한 生活의 連續이오니 安心하옵소서. 쓰다가 보니 내 中心으로 나의 生活斷面만 記錄한것같읍니다. 美는 暫時도 당신을 잊은일은 진정 없것만... 여보?... 열번도 당신을 무限히 부르고 싶읍니다. 그러나 들리는것은 옆집에서의 요란한 Radio 소리뿐. 지나가는 馬車의 바퀴소리뿐. 아마도 지금쯤은 무엇을 하고 계시는지 여보? 或時나 불편스러운. 苦生스러운 일은 없으신지요. 食事는 어떻게 하고 계시며 洗濯은 어떻게 房清掃는. 일일히 생각하며 당신의 홀아비生活 하시는것이 궁색하게도 보이고 가엾게도 아니 오히려 平安한 生活을 하고 있는 나로서는 未安하고 또 罪스러운 心情이 더욱 큰것입니다. 어제 밤에는 大田에 갔다왔지요. 오래간만에 房을 尋訪하니

오랑에 대便이 철철 넘고 있어서. 깨끗이 버리고. 당신의 running shirts 를 洗濯하고 여기까지 오는 만큼이 하고나니. 大田아는 大姉宅에서. 누워있는 나를 發見할 때. 落心 이였읍니다. 참. 오늘 点心 때. 길가 사람이 運命을 判斷하는 所謂 点쟁이를 데리고 왔었읍니다. 심심하든 끝에 나도 한몫 끼여 美를 보았읍니다. 어떻한 말을 들은것 같애요. 喜消息? 悲消息? 둘中에 한가지에는 틀림이 없는데,..... 너무나 지루하게 기다리시는 같아서. 사랑하는 당신이기에 들은데로 아리켜 들이지요. 목중에 있는 새가 金덩어리를 찾았고. 暗中에서 빛을 찾는 運數랍니다. 大端히 좋은것이래요. 黃金이 무엇인지. 黃金도 좋데요. 그리고 당신은 33歲가 되며는 万事가 心事데로 수行하여지고 大成功을 한다나요. 아마도 벼락감투에 벼락부자가 될나나 봐요. 今年에는 大体로 좋으나. 지난 正月. 二月에 좀 나쁘고 돌아오는 七月(陰)에는 他人에게서 구설을 듣거나 놀랠일이 있을것이니 操心하래요. 믿지는 않읍니다마는 떠러지고 있어보니 或時나 당신의 身邊에 変이 생기며는 어쩌나 싶어 걱정이 됩니다. 이 外에도 많이 있는데 어리석은 子息! 하고 실없은 웃음을 던지실까봐, 다음의 話題로 밀어두겠에요. 어느듯 쓴것도 없는데 두장이 꼭 찼읍니다. 다음종이로 넘어갈까 하다, 주저하고 余紙를 더럽히지요. 써도 써도 限量없어. 오늘의 消息通은 이만 전하기로 하지요. 당신의 편지를 받고 回答을 늦을라고 하였든것이, 쓰고보니. 結局. 내가 진것같아서 苦笑 氣分이 좋지않읍니다마는. 보고 싶은 心情을 抑制 못하여. 썼으니. 당신을 사랑하고 있다는 나의 기쁨으로. 눈시울이 미소로 变하여집니다. ※

※ 그러면. 아무조록 安寧히 계시옵소서. 大田의 消息이나마 자주 傳해주시길. 손꼽아 당신의 글월을 받는것만이 한가닥의 거미줄같은 希望인가 싶은것입니다. 마지막을 안보내드. 媤母께도 安否 傳해주시옵. 美 9.6. 오후. 美 (W)

편지 셋

My Dear!

이제 막 『춘희』의 소설을 완전히 한 자 남김없이 읽고 났습니다. 더위가 기고였든지, 춘희 속의 사랑에 도취였든지 흐르는 땀을 씻으려 세수하고 불현듯 당신이 보고 싶어 광인처럼 펜을 손에 하였습니다. 오늘이나, 오늘이나 하고 당신의 그리운 글의 발자취를 고대하였읍니다마는 배달부는 아침에 냉정히도 집 앞을 지나가버리는 때는 시계 침이 3시를 훨씬 넘었으니 기다림은 오늘도 허사인 듯싶습니다. 27일 당신이 홈에서 작별하고 들어가시는 뒤 자태를 물끄러미 바라보다 형용할 수 없는 감정의 얽힘에 정신이 몽롱하여지는 것을 자신이 깨닫자 그대로 무의식중에 국진이의 손목을 쥐고 홈을 나와버렸습니다. 아마도 당신이 나를 찾으실 때에는 이미 나의 그림자는 역전에 찾을 수 없었을 것입니다. 도중에 걸어오다 시계를 보니 11시 30분 발차 시간이더군요. 아 나는 마음이 약해 왜 발차하는 것을 보지 못했을꼬……. 후회가 되었습니다마는, 그날부터 사흘이 지났습니다. 어찌도 지루하고 긴 시일이었는지요. 사 개월 아니 사 년이나 되는 듯. 앞으로 한 달을 기다릴 생각을 하면 지루하고 답답한 심정 금할 길 없어 훠훠 날아가고픈 심정 간절하옵니다.

28일에는 하루 종일 비가 퍼부었습니다. 당신이 계신 곳 대전에도 비는 오셨는지요. 비 오는 밤은 더욱 서글픔, 진정시킬 수 없어 독서에 모든 것을 희생시키고 있습니다. 하는 것 없이 분주하게 생활을 거느리다 이곳에 와서 맥을 놓으니 넋을 잃은 양처럼 묵묵히 드러누웠다가는, 앉았다, 책을 뒤적거리다 신문에 눈을 부쳤다, 지나가는 행인을 바라보았다 시계의 바늘 침을 보고 지금 즈음은 조식 잡수시고 출근하실 시간, 지금은 학교에서 아마도 강의 시간중. 지금은 퇴근하셨을까 뒷산에 산보라도 하고 계시지나 않은가. 밤이면 조용히 책을 보시다가 자리에 누우셨겠지. 시계 침의 회전과 더불어 당신의 생활록을 영화의 스크린같이 그려보다 하루해를 보냅니다. 오죽 당신의 그림자가 내 가슴에 한 자리를 차지하고 있기에 또한 상봉할 수 있는 기다림이기에 모든 것을 극복하고 그로서 희망을 갖고 만족하고 있습니다. 오직 시일이 화살처럼 빨리 가버렸으면 하는 갈증뿐입니다.

그러고 보니 어지간히 성품이 급한 것 같지요. 운동을 하지 않은 탓인지 다량의 식사는 할 수 없고 그럭저럭 식욕만을 놓치지 않고 건강을 유지하고 있습니다. 가벼운 운동을 하는 것이 오히려 좋을 것 같아서 부엌일이라도 도와드릴라 하면 너무나도 작은 어머니의 후정(두터운 정)에 손톱 하나 꼼작거리지 못하게 하며 오히려 미안할 지경입니다. 미지의 아(아이)도 건강하게 쉴 새 없이 맹활동을 하고 있습니다. 분만기에 들어서인지 요사이는 더욱 더욱 급한 것 같습니다.

한결같이 평안한 생활의 연속이오니 안심하옵소서. 쓰다가 보니 내 욕심으로 나의 생활부면만 기록한 것 같습니다. 실은 잠시도 당신을 잊은 일은 진정 없건만……. 여보? 웬일로 당신을 무한히 부르고 싶습니다. 그러나 들리는 것은 옆집에서의 요란한 Radio 소리뿐. 지나가는 마차의 바퀴 소리뿐. 아마도 지금쯤은 무엇을 하고 계시는지. 여보? 혹시나 불편스러운 고생스러운 일은 없으신지요. 식사는 어떻게 하고 계시며 세탁을 어떻게, 방청소는 또 어떻게……. 일일이 생각하면 당신의 홀아비 생활하시는 것이 궁색하게도 보이고 가엾게도 아니 오히려 평안한 생활을 하고 있는 나로서는 미안하고 또 죄스러운 심정이 더욱 클 것입니다.

어젯밤에는 대전에 갔다 왔지요. 오래간만에 방을 방문하니 요강에 소변이 철철 넘고 있어서 깨끗이 버리고 당신의 러닝셔츠를 세탁하고 여러 가지를 많이 하고 나니 대전 아닌 대구 방에서 나를 발견할 때 낙심천만이었습니다.

참, 오늘 점심때 옆집 사람이 운명을 판단하는 소위 점쟁이를 데리고 왔었습니다. 심심하던 끝에 나도 한 몫 끼어 점을 보았습니다. 어떠한 말을 들은 것 같아요? 희소식? 비소식?

둘 중에 한 가지에는 틀림이 없는데……. 너무나 지루하게 기다리시는 것 같아서, 사랑하는 당신이기에 들은 대로 알려 드리지요. 옥중에 있는 새가 금덩어리를 찾았고 암중에서 빛을 찾는 운수랍니다. 대단히 좋은 것이래요. 궁합이 무엇인지. 궁합도 좋대요. 그리고 당신은

33세가 되면 만사가 심사대로 행하여지고 대성공을 한다나요.
아마도 벼락감투에 벼락부자가 되려나봐요. 금년에는 대체로 좋으나,
지난 정월, 3월이 좀 나빴고 돌아오는 7월(음)에는 타인에게서 구설을
듣거나 놀랄 일이 있을 것이니 조심하래요. 믿지는 않습니다만은
떨어지고 있어보니 역시나 당신의 신변에 변이 생기면 어쩌나 싶어
걱정이 됩니다. 이리에 또 많이 있는데 어리석은 자식! 하고 싱거운
웃음을 던지실까봐, 다음의 숙제로 밀어 두겠어요. 어느 듯 쓴 것도
없는데 두 장이 꼭 찼습니다. 다음 종이로 넘어 갈까 하다. 주저하고
여지余紙를 더럽히지요. 써도 써도 한량없어, 오늘의 소식통은 이만
전하기로 하지요. 당신의 편지를 받고 회답을 들으려고 하였든 것이
쓰다 보니 결국, 내가 진 것 같아서 약간은 기분 좋지 않습니다만은
보고 싶은 심정을 절제 못하여 썼으니 당신을 사랑하고 있다는
나의 기쁨으로 눈시울이 미소로 변하여집니다.

* 그러면 아무쪼록 안녕히 계시옵소서. 대전의 소식이나마
자주 전해주시기를 오직 당신의 글월을 받는 것만이 한 가닥의
거미줄 같은 희망과 기쁨일 것입니다.
마지막으로 안택에도, 둘째 형님에게도 안부 전해주시옵소서.

good bye, your W

삐뚤
빼뚤

1954-1965

커가는

우리 아이들

아이고, 머리가 왜 이렇게 생겼냐

할머니가 너희 큰 이모, 그러니까 첫째를 가졌을 때 대전에 살기는 했는데, 대전에 아는 사람이 아무도 없었어. 첫 애니까 제대로 아는 것도 없었고. 그런데 대구에 아버지께서 운영하는 병원이 있다 보니까 아무래도 안심도 되고, 무엇보다 친정이니까 대구로 가서 큰딸을 낳았지. 네 할아버지는 학교에 나가야 되어서 대전에 남으시고 나만 대구로 내려갔어. 그런데 아기를 낳았는데 머리 위에가 달걀처럼 솟아 있는 거야. 그랬더니 할아버지가 보시고 "아이고, 머리가 왜 이렇게 생겼냐" 하고 놀라셨었지. 그때 머리가 이렇게 솟은 게 이상해서 눌러주고 그랬는데, 나중에 알고 보니까 그걸 숨골이라고 그러더라고, 원래 그런 거래. 신생아들 숨 쉬는 거라는데 우리는 몰랐으니까 놀랐던 거지. 또 머리숱이 왜 그렇게 많은지 아기가……. 우린 아무것도 모르니까 아기가 생긴 것 하나하나 다 너무 신기하고 놀라웠어. 너희 큰 이모 낳았을 적이 한참 더울 때야. 날이 더워서 내가 머리를 직접 잘라주기도 했는데 그게 아주 우스웠어.

다들 이름처럼 잘됐어, 아주

큰애를 가졌을 때는 냉면이 그렇게 먹고 싶었어. 막내 때는 자장면이 계속 생각났고. 평소에는 잘 먹지도 않는 음식들인데 말이야. 신기해 아주.

또 신기한 게 우리 애들이 이름 따라 자란 거야. 첫째 혜경이는 은혜 '혜' 자를 사용해. 맏이니까 베풀면서 살라고 지은 이름인데 지금까지도 혜경이는 마음씨 좋게 봉사하며 살고 있잖아. 그리고 또 너희 엄마, 둘째는 미경이잖아 이름이. 그 '미' 자가 아름다울 '미' 자야, 그래서 그런지 네 엄마가 그래도 제일 예쁘잖니. 그리고 막내가 수경이, 빼어날 '수' 자를 써서 수경으로 지었는데, 그래서인지 가장 오래 공부하며 똑 부러지게 교육자로 지내고 있잖아. 우리 아들 형모는 그때 아시는 분께 받은 이름이었는데, 형모도 아주 좋은 기운이 있는 이름이라고 했어. 지금도 똑 닮은 아들 낳아서 즐겁게 살고 있잖니. 참 신기하지? 다들 이름처럼 잘됐어, 아주.

네 할아버지가 굉장히 자상하셨어

네 할아버지는 너희 엄마 어렸을 때 그림책을 직접 만들어줬어. 교과서도 꼭 개학 전에 달력으로 한 권 한 권 다 포장해주었지. 방학 끝날 즈음이면 애들이 4명이니 숙제가 엄청 많을 것 아냐? 그러니까 할아버지께서 애들 숙제도 같이 도와주시고 지도해주셨어. 굉장히 자상하셨지.

없는 살림이었는데도 그건 잊지 않으셨지

그때 우리는 한 칸 두 칸짜리 집에서 살았는데, 크리스마스가 되면 네 할아버지가 산타할아버지 선물을 항상 챙기곤 했어. 없는 살림이었는데도 그건 잊지 않으셨지.

그다음부터는 고기를 안 먹기 시작한 거야

네 엄마가 어렸을 때 귀여운 욕심쟁이였단다. 그래서 할머니가 먹을 것 나누어줄 때 사남매에게 공평히 하나씩 나눠주면 네 엄마는 그것에 만족하지 못하고 꼭 하나 더 받아야 했어. 그러다보니 애들 4명이서 한 방에서 지지고 볶고 얼마나 싸웠는지 몰라. 하루는 우리 큰아버지께서 그 모습을 보시더니 네 엄마를 공주 큰집으로 데리고 가셨어. 큰아버지하고 같이 살자고. 그렇게 미경이가 큰집에서 1년을 살았어. 집에 온다고도 하질 않고 거기에서 지냈어. 어떻게 그랬는지 몰라. 큰아버지가 예뻐해주셔서 그런가. 하여튼 거기서 지내면서 도토리 떨어질 무렵이면 나갈 때마다 도토리를 이만큼 주워가지고 온대. 근데 그 집 막내는 하나도 안 주워오니까 매번 미경이만 칭찬을 받아서 막내가 미경이를 그렇게 미워했다고 하더라. 자기가 막내딸인데 저희 아빠가 자기보다 조카를 더 예뻐하니까 시샘이 났었다고 그러더라고.

그런데 미경이가 거기 시골에 있으면서 닭 잡고 돼지 잡고 하는 것을 봤던 모양이지. 거기서 그걸 보고 와서는 그다음부터는 고기를 안 먹더라고. 네 엄마가 지금도 고기 잘 안 먹잖니? 그때 그 경험 때문인 것 같아.

얼굴이 새파랗게 질려서 뛰어 들어와

책상 밑으로 숨는 거야

음력 보름날이면, 쥐불놀이를 하지. 그 시절에는 깡통을 잘라서 숯불을 넣고 철사로 매달아 돌려 불꽃이 날리는 재미를 즐겼는데……. 어느 날은 갑자기 네 외삼촌이 얼굴이 새파랗게 질려서 뛰어 들어와 책상 밑으로 숨는 거야. 자기 없다고 손을 막 흔들면서. 할머니가 그때 얼마나 놀랐는지 영문도 모르고 밖에 나가보니까 순경아저씨께서 "이놈! 이놈!" 하시며 돌아다니시더라고. 동네 아이들이 쥐불놀이 하고 놀다가 순경아저씨께 쫓긴 거야. 불날까봐 혼을 내신 거지. 외삼촌은 순경아저씨한테 끌려가는 줄 알고 질겁하여 도망쳐왔었어. 그때 얼마나 놀랐던지. 그때를 생각하니 아직도 심장이 두근거리는구나.

이상하게 물고기를 잡아오셔도

그 물고기로 음식을 해 드시진 않았어

네 할아버지는 주말마다 친구들과 낚시를 가는 것이 취미였는데, 이상하게 물고기를 잡아오셔도 그 물고기로 음식을 해 드시진 않았어. 그 대신 물고기 배를 갈라서 애들한테 이것은 부레다 이것은 아가미다 하면서 하나씩 알려주셨어. 그런 것 보면 자기 직업은 참 못 속여.

누가 생물 선생님 아니랄까봐, 호호.

하나는 높이 솟은 나무,

그리고 하나는 낮고 넓게 퍼져 있는 나무

네 작은 이모, 그러니까 막내가 사춘기가 와서 한동안 집에 오면 항상 잠만 잤어. 매일 공부도 안 하고 잠만 자니까 할아버지께서 불러서 나무를 두 그루 그리시더라고. 하나는 높이 솟은 나무, 그리고 하나는 낮고 넓게 퍼져 있는 나무를 그렸었지. 하나는 햇빛을 보기 위해서 계속 위로 자라는 것인데, 그런 나무는 가지를 쳐주면 삐뚤어질 일 없이 곧게 하늘 높이 솟아오르는 것이야. 다른 나무는 가지도 안 치고 하니까 삐뚤빼뚤하게 자라면서 옆으로도 퍼지고 늘어지고 하잖아. 가지를 쳐준 나무처럼 높이 올라가진 못했지. 네 할아버지는 '가지를 쳐주어야 더 높이 올라설 수 있다. 다른 일은 하지 말고 교과서 공부만 하여라.' 그런 것을 가르쳐주려 했던 거야. 예전에는 그랬어. 하나의 목표만을 가지고 높이 올라가는 게 제일이었어. 지금처럼 운동이니 음악이니 하는 것은 딴따라라고 하면서 제대로 쳐주지도 않았거든.

그런데 막내가 그 이야기를 듣고 그림을 보더니 본인은 작고 넓은 나무가 더 좋다는 거야. 그늘도 더 많고 예쁘다면서. 그때는 큰일 났다 싶었는데 요즘 생각해보면 막내 말이 맞아. 길쭉하고 곧은 나무, 멋도 없고 재미도 없잖아. 대부분 목재로나 쓰이지. 근데 그 옆에 꺾이면서 자란 나무는 특이하게 생겨서 관상용으로 더 비싸게도 팔리기도 하고. 오히려 요즘 시대에는 개성 있을수록 각광받기도 하니까. 다양한 직업들이 모두 주목받는 시대이기도 하고……. 근데 옛날에는 다들 오직 교과서랑 씨름하며 공부하는 것이 최고인 줄 알았으니 높이 솟으라고만 교육했었지.

하지만 그 기쁨은 자고 일어나면

구름처럼 사라져버렸어

예전에 네 할아버지가 학교에서 회식이 있어 술을 드시고 오시는 저녁에는 머리끝까지 기분이 좋은 날이었어. 그런 날에는 집에 오셔서 '내 새끼들' 하며 등 쪽의 옷 사이로 베개를 넣고 춤을 추셨단다. 꼽추 춤을 추시며 호주머니에 있는 돈을 얼마인지도 안 보고 큰딸부터 막내딸까지 모두 나누어 주셨어. 애들은 얼마나 좋아했는지……. 하지만 그 기쁨은 자고 일어나면 구름처럼 사라져버렸단다. 아침에 일어나신 할아버지는 "애들아, 어제 준 돈 다시 돌려주렴" 하시며 돈을 모두 회수해가셨어. 애들은 허망한 표정을 지었지. 평상시 점잖으신 네 할아버지께 이런 일화도 있단다. 허허.

꼬박 꼬박

1965-1984

가르치고 배우는

삶을 지나

월급날은 외상 갚으러 다니는 날이었어

그때는 생활이 정말 어려웠어. 공무원들도 부수입으로 살 때야. 교원은 봉급 외 수입이 없으니 더욱 어려울 수밖에 없었지. 근데 네 할아버지는 누구한테 아쉬운 소리하는 사람이 못 돼. 100원을 얻어먹으면 110원으로 갚아야 하고, 술도 한 번 얻어먹으면 두 번은 술 사줘야 하는 성격이니까. 또 친구가 좀 많니? 친구들이랑 술 먹는 날이 많은 만큼 사줘야 하는 날도 많아서 할아버지께서 그렇게 지출하고 나면 우리 쌀독은 텅텅 비었지. 쌀독이 비면 나는 동네 쌀가게에서 외상으로 쌀을 받아왔어. 외상값은 월급 들어오는 날 다 갚았어. 그래서 월급날은 외상 갚으러 다니는 날이었지. 그렇게 월급 첫날은 외상 갚다가 돈이 다 없어져. 그러면 또 그다음 날부터 외상 하는 거지. 그때는 그런 게 흉이 아니었어. 아주 흔한 일이었어. 외상으로 사먹고, 다 갚고 또 외상으로 사먹고. 그 시절에는 다들 그렇게 살았어.

17번의 이사

이사를 몇 번 다녔나 몰라. 한번 세어볼까.

대전 불난 집-이박사 집-대흥동-선생님 댁-
문창동-대동-대동관사-공주 초가집-문교사집-
대전 도마동(유천동)-문화동-서울 흑석동-사당동-
방배동-은마아파트-논산 건양고등학교 관사-
대전 정림아파트.

아이고, 17번. 많이도 다녔네.

제일 힘들었던 과목은 음악이었어

할머니가 공주에서 살 때 이야기야. 그때 공주교대에 부설로 임시 초등교원 양성소가 있었어. 할아버지 친구 부인 소개로 나도 초등 교원 양성소로 강습 받으러 다녔었지. 아이들 수는 증가하고 초등학교 선생님은 부족했던 시기였단다. 사실 할머니는 첫째 임신하고 7개월 만에 퇴직했어. 당시만 해도 임신하여 배가 나온 선생님이 교단에 서는 것을 이해하지 못하는 시절이었거든. 그 후 다시 교단에 선다는 것을 생각도 못했었기 때문에 이전에 가지고 있던 중·고등 교원 자격증을 갱신을 하지 않아 할머니 자격증은 무효가 되어버렸어.

그 당시에는 교원 자격증이 있으면 백 퍼센트 취직이 보장되었기 때문에, 늦었지만 자격증을 다시 따려고 6개월 동안 강습을 다녔어. 취직을 못한 대학 갓 나온 젊은이부터, 중년 부인까지 다 같이 동심으로 돌아가 강습소에서 열심히 교육을 받았단다. 할머니가 제일 힘들었던 과목은 음악이었어. 노래 부르는 것은 괜찮은데,

오르간 건반을 치는 것이 그렇게 어려웠어. 처음으로 '도레미파솔라시도'를 배우고, 노래도 반주를 치려니 쉽지 않더라고. 지금도 생각하니 막막하구나. 그래서인지 지금도 누가 나에게 "무엇이 제일 하고 싶어요?" 하고 묻는다면 "피아노 열심히 배워서 간단한 곡이라도 칠 수 있게 되는 거요"라고 대답하곤 해.

할머니 참 장하지 않니?

6개월간 교육을 마치고 할머니는 대전 유천초등학교에 발령을 받았어. 수료할 때, 최고 점수 두 사람만이 대전 발령을 받았는데, 할머니가 그 두 명 중 한 명이었단다. 할머니 참 장하지 않니? 호호. 이때 생전 처음으로 가족을 떠나 자취를 했단다. 식생활의 책임을 면하니 홀가분했지만 저녁이면 외로움을 느끼더라고. 그래서 주말이면 바로 공주로 갔었지. 그때 처음으로 살림을 시어머니께 맡겼었어. 그렇게 주말을 기다리다 공주로 내려가니 아이들이 할머니가 라면을 끓어주셨다고 맛있다고 자랑을 하더라. 처음으로 공주에 라면이 들어왔던 때였고, 그래서 우리 아이들도 생전 처음으로 라면을 먹어 본 거지. 라면 맛을 본 애들은 툭하면 라면 끓여달라고 조르기도 했었단다.

내가 그때 자존심이 얼마나 상했는지 싶구나

할아버지가 대전고등학교로 전근이 되어 우리가족은 유천동에 새로운 삶의 보금자리를 차렸지. 할머니의 자유로웠던 자취 생활도 종지부를 찍었고, 다시 한 가정의 주부로, 학교 선생님으로 이중적인 삶을 시작했단다. 처음으로 어린아이들을 가르치려니 어색도 하고 잔소리도 나오고 경험도 없어 어려움이 많았단다. 특히 오르간을 제대로 치지 못해서 옆 반 선생님과 음악 수업은 교체하기도 했어. 지금 생각해보니 내가 그때 자존심이 얼마나 상했는지 싶구나.

그 시절에는 학생 수가 많아서 일주일은 오전반, 일주일은 오후반으로 나누어 수업했어. 그러다 보니 오후반 아이들이 일찍 와서 기다리는 경우가 있어서, 기다리는 아이들과 운동장에서 게임하며 놀았는데, 그때 기억이 참 예쁘게 남아 있어.

할머니가 초등학교 교사로 있을 때, 할아버지도 가장 바쁠 때여서 아이들과 제대로 된 외식 한번 해본

기억이 없구나. 미안한 생각이 들어 얼마 전 네 엄마한테 얘기했더니 네 엄마는 오히려 학교에서 돌아와 친구들과 원 없이 놀 수 있어서 좋았다고 하더라고. 호호.

아침마다 사남매의 도시락을 싸느라 손길이 분주하곤 했지

네 할아버지가 배재고등학교에서 카운슬러로 임명받아 우리 가족은 다 같이 서울로 올라왔어. 할머니는 서울로 올라오니 고향으로 돌아와 너무 기뻤어. 큰 이모가 고3. 외삼촌이 중2, 네 엄마가 초등학교 6학년, 작은 이모가 4학년이라, 자식들 교육에 정신이 없을 때였지. 매일 아침마다 사남매의 도시락을 싸느라 손길이 분주했어. 몸은 피곤하지만 자녀들이 모두 건강하고 바르게 자라는 모습을 볼 때면 보람이 느껴졌어.

서울로 올라오신 할아버지는 후에 입시학원의 학감으로 직장을 옮기셨는데 그때 할아버지가 추천한 대학을 지원하면 합격률이 거의 백 퍼센트여서 '쪽집게'라는 별명도 있었단다. 전국 각지의 고3 선생님들이 자문을 구하러 오셨었으니까. 네 할아버지 그때 정말 대단하셨지. 덕분에 우리 가족도 경제적으로 안정을 찾고, 우리 집도 장만했단다. 집을 장만하고 새로운 가구들을 들여놓고 즐거워하며 할아버지와 함께 쇼핑하러 다녔던 시절이 엊그제 같구나.

사당동 집 옥상에 올라가면 보이는 건너편 방배동이

그렇게 좋아 보이는 거야

처음 서울로 왔을 때, 흑석동에서 살다가 사당동에 살던 친척이 이사 간다고 집을 내놓아서 우리가 거기에 들어가 살았어. 그때 사당동 그쪽이 예술인 마을이라고 해서 주변에 예술인들이 많이 살고, 연예인도 많이 살고, 집도 양옥집에 지대가 높아 전망도 좋아서 옳다구나 하고 이사를 갔지. 우리 가족이 누려보지 못한 환경이었으니까. 막내는 지금도 그 집이 가장 좋았다고 하더라고. 그렇게 좋은 곳이었는데 이상하게 내가 계속 아픈 거야. 몸이 시름시름 앓고. 그런데 병원에 가서 진찰받아도 다들 아무 이상 없대. 그래서 이상하다고 생각하며 집터가 안 좋은가 했었거든. 그러던 중에 사당동 집 옥상에 올라가면 보이는 건너편 방배동이 그렇게 좋아 보이는 거야. 양지도 바르고 아주 평화로워 보였어. 환경을 바꿔보고자 하는 생각으로 방배동으로 이사를 갔지. 그때 이사 간 방배동 집이 우리 가족이 갖게 된 첫번째 집이란다.

서울 와서 다른 친구들을 보니까,

내가 너무 작아지더라고

서울에 올라와서 학교에 같이 다니던 친구들과 연락이 닿아 한 달에 경기 모임, 이대 모임 이렇게 두 번 모임을 나가게 되었어. 다른 것은 몰라도 그 모임들은 꼬박꼬박 나갔어. 근데 지금 생각해보면 그때 참 마음이 서운했던 것 같아. 친구들을 안 만났을 때는 모르고 살았는데 서울 와서 다른 친구들을 보니까, 내가 너무 작아지더라고. 그때 우리는 생활이 넉넉지 못했으니까 집도 제대로 없고, 입고 갈 옷도 별로 없었거든. 그런데 다른 친구들은 장군 와이프, 의사 와이프, 총재 와이프 그러니까 화려한 백화점 메이커 옷을 입고 나오더라고. 처음에는 정말 입고 갈 옷이 없어서 시장에 있는 작은 양장점에서 옷을 하나 사서 입고 나갔어. 그러고 또 다음 모임에 입고 나갈 옷이 없어 이 옷 저 옷 입어 보다가 결국 또 시장 옷을 입고 나가고……. 그때 처음 샀던 옷이 무늬가 있는 연두색 블라우스에 갈색 모직 치마였어.

고심해서 사서 입고 나간 옷이었는데도 친구들 옆에 있자니 조금 부끄럽더라고. 그때 결혼하고 처음으로 속상했던 것 같아.

허허

1985-2016

아흔에
가까워지도록

할아버지와 둘만의 보금자리를 이룬 것이
여기 양촌에서부터야

서울에서 자리를 잡고 잘 살고 있었는데, 할아버지 친구 분이 논산에 있는 양촌면에 중고등학교를 건립하셨다고 연락이 왔어. 그 중고등학교의 교장선생님으로 네 할아버지를 추천했다고 하시면서. 교직자로 다시 돌아가고 싶었던 할아버지는 흔쾌히 승낙하시고 서울을 떠나 양촌으로 가신 거지. 지금은 양촌이 무척 발달했지만 우리가 내려갔을 때는 도로 포장도 안 되어 있던 전형적인 농촌이었단다. 오 일장이 열려 장날이면 양촌에 사시는 선생님 사모님과 함께 장바구니 들고 양촌장으로 모여 환담도 나누고 장 구경을 하며 먹거리를 장만하곤 했어. 양촌에서는 채소, 생선, 과일들은 장날이 아니면 살 수가 없었으니까. 그래서 장이 열리는 날의 저녁상은 항상 푸짐했었지. 그 시절이 어느덧 큰 추억거리의 한 토막이 되었구나. 할머니는 또 한 달에 한 번씩 사모님 모임을 주도했었어. 그 자리가 농촌에서의 외로움을 달래는 자리였으니, 그날이 얼마나 기다려지던지.

자식들이 모두 크고 할아버지와의 보금자리를 이룬 것이 여기 양촌에서부터야. 그때에 주말이면 유성으로 온천 다니고, 동양백화점에서 쇼핑하고 가까운 산에 등산도 다니면서 할아버지와 농촌에서의 외로움을 풀었지. 그렇게 주말마다 바람 쐬러 다니는 것이 기쁨이요 즐거움이었단다. 또 양촌에서는 밤하늘이 얼마나 예뻤던지. 하늘이 청명해서 별들이 반짝거리는 모습이 참 아름다웠어. 그 시절의 공기가 그렇게 맑았다는 것이 새삼 느껴지는구나.

밥 향기와 함께 저 멀리서부터

유모차부대가 쭈욱 오는 거야

할아버지가 양촌에 교장선생님으로 계신 때가 1985년부터야. 그때는 급식이라는 것이 없었단다. 그렇다 보니 선생님들의 식사도 도시락이었지. 거기 같이 계셨던 사모님들은 대부분 아주 젊은 새댁들이었어. 대개 어린아이 한두 명씩 있는 젊은 엄마들이었지. 그래서 점심시간만 되면 맛있는 밥 향기와 함께 저 멀리서부터 유모차 부대가 쭈욱 오는 거야. 나는 학교 안에 위치한 관사에 있으니까 창문을 통해 내려다보면 그 모습이 아주 재밌었어. 아이들 한두 명씩 유모차에 태우고 학교로 오는 그 모습이. 너희 할아버지는 학교에 집이 있으니 오셔서 점심을 드셨는데, 다른 선생님들은 사모님들이 점심때 따끈한 도시락을 만들어 배달 오곤 했거든. 그렇게 도시락 배달하면서 외출도 하고 다른 사모님들이랑 수다도 떨고 했었지. 우리끼리 모임하고 했었는데, 사모님들한테 물어보니 지금도 그때가 제일 좋았다고 하더라고.

네 할아버지께서 땀을 뻘뻘 흘리시면서 여기저기 막 나를 찾아다니고 계신 거야

옛날엔 목욕할 곳이 마땅치 않아서 멀리로 목욕을 갔었어. 내가 몸이 별로 좋지 않았을 때가 있었거든. 그때 가끔 어지러움 증세가 나타나서 집에서도 일하다가 쉬고 그랬어. 그런데 항상 그런 게 아니라 가끔 그런 증세가 나타나는 거니까 평소처럼 생활하고 했었지. 그날도 사모님들과 목욕을 하고 할아버지와 그 주변 호텔에 있는 커피숍에서 만나기로 약속을 해서, 길을 건너려고 횡단보도에 서 있었는데 갑자기 머리가 무거워지기 시작하더니 정신이 아득한 거야. 쓰러질 것 같아서 그 바로 옆에 있는 화원에 들어가 '제가 지금 너무 어지러워서 그런데 잠시만 눕게 해주세요' 했어.

그랬더니 옆에 툇마루에 잠시 누워 있으라고 해주시더라고. 거기 누워 있으면서 진정시켰었지. 그때는 몸이 심상치 않으니까 항상 청심환을 가지고 다니면서 몸이 이상해지면 먹었어. 청심환을 먹고 조금 진정이 되니까 네 할아버지 생각이 나. 기다리고 있을 거 아니니? 화원에서 전화를 빌려 호텔 커피숍으로 전화를 했지. 근데 커피숍에 있는 많은 사람 중에 네 할아버지를 어떻게 찾아. 전화로 종업원한테 양촌에서 오신 교장선생님 계시면 길 건너편 화원에 부인이 있다고만 전해달라고 얘기했지. 전화를 끊고 기다리고 있는데, 아무리 기다려도 오시지를 않아. 한참을 진정시키고도 할아버지께서 안 오시니까 일어나 화원 앞으로 나가봤더니 글쎄 네 할아버지께서 땀을 뻘뻘 흘리시면서 여기저기 막 나를 찾아다니고 계신 거야. 내가 있던 화원을 들여다보시긴 하셨는데 내 모습을 못 보신 거야. 난 안쪽 툇마루에 누워 있고, 화원은 사람들로 정신없이 북적이니까 나도 할아버지를 못 봤던 거고.

내가 밖으로 나가서야 겨우 만났어. 그때 날 찾아다니며 땀을 뻘뻘 흘리시는 그 모습이 참 감사하더라고.

그 이야기 듣고 나도 모르게 눈물이 났잖아

언제였나……. 막내가 갑자기 나에게 왜 이렇게 사느냐고 그랬던 기억이 있어. 그때 막내가 우연히 내가 쓴 시와 글을 보고는 한마디 하더라고. '엄마는 왜 선생님도 그만두고 아버지 인생을 따라 살고 있느냐' 하면서. 그 이야기 듣고 나도 모르게 눈물이 났잖아. 왜 그랬을까? 이미 세월은 흘러갔고, 내 뜻을 이루고자 하는 용기도 없고……. 나의 이루지 못한 꿈을 대신하여 자식들의 꿈을 응원해주자고 생각했지.

그러고 보니 할머니는 옛날 사람이구나

1995년 일이야. 할머니에게는 평생 잊지 못할 날이었어. 아주 무더운 여름이었는데, 할머니는 그때 대장암 수술을 했단다. 근데 정작 나는 마취에서 깨어나고 일주일 후에야 내가 대장암 수술을 한 것을 알았어. 할머니가 정신적으로 충격을 받을까봐 가족들이 감쪽같이 속였던 거지.

당시에는 어떻게 수술했는지 아니? 지금은 수면마취를 하고 레이저로 암세포를 제거하지만, 그 당시에는 개복을 하고 장의 일부를 잘라내어 수술했어. 할머니도 그때 장의 20센티미터 정도는 절단해서 장이 정상인보다 짧단다.

여준아, 몰랐지? 그래서 할머니는 가족들과 외식할 때 어디를 가든지 화장실이 어디 있는지 먼저 확인하는 습관이 있어. 장이 짧아 남들보다 대변을 자주 보기 때문에 그렇단다. 처음에는 고통을 느꼈지만, 지금은 익숙해졌어.

세월이 흘러 이 이야기가 21년이나 된 이야기구나.

그 수술 후 할머니는 다시 생명을 얻은 것 같은 기분이 들었고 항상 감사하며 살고 있어. 그러고 보니 할머니는 옛날 사람이구나.

요즘은 어떻게 사느냐고?

할아버지께서 양촌에서 1998년도에 고등학교 교장선생님으로 정년퇴임하시며 교직을 마무리 지으셨고, 우리는 지금 네가 찾아온 대전으로 보금자리를 옮겨왔지. 이곳이 할아버지와 할머니 삶의 종착점이 될 것이라는 마음으로 왔단다.

요즘은 어떻게 사느냐고? '지나가는 것은 지나가는 대로 내버려두라. 지금이 중요하다.' 이 문구를 어디선가 보고 실천중이란다. 그래서 이제는 하루의 삶을 귀하게 여기고 조금 더 지혜롭게, 보람 있게, 베풀며 살기 위해 노력하고 있어. 이제 아흔이 가까워 오니 육신의 연약함도 느끼지만 그 아픔의 과정을 삶을 아름답게 마무리하는 여정이라고 믿고 긍정적으로 받아들이며 지내는 중이야. 네가 보기엔 어떠니, 할머니 잘 살고 있는 것 같니? 허허.

할머니의

현재
일기

'아, 저거다. 저 공책이 얼마나 나를 기다렸을까.'

새해부터 일기라도 써야지 하고 일기를 적기 시작했다.

1월 2일

우리들의 삶에는 곡선이 많다. 기쁠 때가 있는가 하면 슬플 때도 있고, 좋을 때가 있으면 절망에 빠질 때도 있다. 그때그때마다 우리들의 마음을 다스리는 묘약이 있다. 바로 희망을 노래하는 것이다. 태풍의 전야는 고요하다. 그러나 성이 나서 태풍으로 변하면 무서운 비참한 환경을 펼쳐낸다. 시간이 흐르면 언제 내가 그랬지? 화사한 햇빛이 상한 마음을 녹여준다. 이것이 자연의 흐름이요. 우리의 삶에도 적용이 된다. 주저앉아 방황하지 말고 희망을 노래하면 절망은 없다.

89세라는 생의 문에 입성했다. 주님 곁에 갈 날이 하루하루 가까워짐을 새삼 느낀다. 나이가 많다고, 기력이 없다고 손을 놓고 먼 산만을 바라보는 어리석은 자가 되지 말자. 할 일이 많다. 아직은 볼 수 있는 눈을 주셨으니, 말씀을 하루에 한 시간씩 읽어야지, 들을 수 있는 귀를 주셨으니 아름다운 음악도 들어야지. 자식들과 재미있는 이야기 나누어야지. 또 맛있는 것 사주면 기쁨으로 맛있게 먹어야지.

걸을 수 있는 발을 주셨으니 마트에 가서 여러 가지 재료를 사다가 내 나름대로 요리법으로 맛있게 만들어 식탁에 차려놓는다. 한 끼에 하나씩은 새로운 메뉴를 생각하며 영양가도 생각한다. 옛말에 '노인이 되면 밥이 보약이라고', 그렇다, 밥을 맛있게 먹고 나면 기운도 나고 든든한 기분이 든다. 늙으면 밥 힘으로 산다나.

"이것 맛있으니 당신이 더 드셔." "아니, 당신이 더 먹으라니까." "그러면 똑같이 나누어 먹자." 반으로 나누어 흐뭇한 마음으로 먹는다. 이런 시간이 언제까지 지속될까?

바로 이 시간이 가장 귀하기에 희망을 노래 삼고 '오늘도 행복했습니다' 고백하는 아름다운 삶을 살자. 요즈음 유행하는 이애란의 〈백세인생〉 가사처럼 오늘을 살자. "저세상에서 나를 데리러 오거든 아직은 할 일이 남았으니 못 간다고 전해라~"

1월 11일

바쁘게 움직인 하루였다. 아침에 일찍이 건양대 병원에 갔다. 9시에 채혈하고, 9시 20분 심장내과, 10시 혈액 종합 센터, 10시 15분 건강약국에 들러 10시 30분에 집에 왔다.

월요일 빨래를 돌리고 점심을 준비했다. 오늘의 메뉴는 떡국이다. 오후에는 시골에서 가져다준 땅콩을 까고 볶고 나니 3시가 훨씬 넘었다. 땅콩보다 껍데기가 몇 배나 많다. 수고보다 대가는 적다는 것, 이것이 인생인가?

오늘은 하루 종일 전화벨이 안 울린다. 전화야 너도 심심하지? 무소식이 희소식이려니 하고 웃음으로 답한다.

1월 20일

나는 휴대전화가 없다. 문명의 흐름에서 뒷걸음질하고 있는 것인가? 언젠가 병원에서 간호사가 "휴대전화 번호는요?" 하고 물었다. 나는 "나 휴대전화 없어요." 하고 대답했더니 "네?" 하고 놀란다. 의아해한다. 휴대전화도 없다니? 그래도 나는 부끄러움을 못 느꼈다. 내 짝꿍이 갖고 있으니까!

그러나 휴대전화로 인해 부부의 대화가 끊어짐을 새삼 느낀다. 때로는 눈길도 안 준다. 무엇을 열심히 보고 있다. 마치 마약중독자처럼 휴대전화를 손에서 놓지 않는다. 그러니 많은 정보를 주어 현대인으로서는 필수품인가보다.

오늘은 마음이 조금 서운했다. 수요예배를 다녀와서 시계를 보니 11시 30분, 신문을 보고 TV뉴스를 듣고 12시 30분이 지났다. 구장로가 퇴근할 시간인데 점심을 무엇을 먹을까? 이것저것 머리를 쓴다. 이제나 올까, 전화벨 소리만 기다린다. 1시가 되어도 전화는 울리지 않는다. 손님이 오셔서 점심식사를 같이 하시는구나. '휴대전화를 언제 두들기는 거지! 기다리는 사람은 생각도 안 하나!' 국수를 삶아서 맛없게 먹고 있으니 구장로가 들어왔다. "전화 한 통 주면 안 되어요?"

한마디 쏠까 하다가 꾹 참았다. 이미 지나간 일이기에.

밖에서 돌아오는 남편에게 '수고했어요' 미소로 맞이함이

나의 소신이기에.

1월 23일

오늘은 우리들의 생에 가장 기쁘고 행복한 날이었다.

아빠, 엄마, 할아버지, 할머니의 미수(88세) 생일이라고 잔치를 차려주었다. 16명의 우리 가족이 모두 모였다(고3 상혁이만 빠졌다). 금년에는 손자, 외손자, 외손녀, 외손부들이 주동이 돼서 미수연 행사를 짜고 식장도 아름답게 꾸며 저희들을 맞아주었다. 식순에 따라 아들 내외의 개회사 겸 기도로 시작하였다. 듣는 중 가슴이 뭉클했다. 아이들의 축하 메시지가 마음을 따뜻하게 해주었다. "아버지, 어머니, 할아버지, 할머니의 사시는 모습이 아름답다고." 여보 우리가 아직은 헛되게 안 살았나봐, 앞으로 남은 생도 더욱 보람 있게 아름답게 부러워하는 삶을 살아봅시다.

또 선물도 받았다. 손자 손녀로부터 용돈과 선물을 받았다. 오래살고 보니 손주들의 선물도 받아보는구나. 손자 등에 업여 한 바퀴 돌며 손도 흔들었다. 어린아이로 돌아간 기분이었다. 식사와 행사가 끝나고 각자 차를 타고 근처 부여 리조트로 달려갔다. 가는 도중 눈발이 날린다. '각 차가 무사히 도착하도록 동행하소서.' 마음속으로 기도한다. 주차장에 내려가니 주차할 자리가 없이 만차다. 경제가 불황이라고? 여기는 별천지인 것 같다.

저녁은 근처 식당에서 각자의 식성대로 여러 가지를 시켜 맛있게 먹었다. 눈이 조금씩 날리기 시작한다. 나는 차를 타고 갔지만 할아버지는 손자, 손녀 여러 식구들을 거느리고 눈길을 걸어서 왔다 갔다 하셨다. 손녀딸 왈, 할아버지하고 눈길을 사뿐사뿐 걷는 그 기분이 너무 좋았다고.

2016년에는 더욱 보람 있게 살자 생각을 했다. 3년 전에 막내 딸 수경이가 '엄마 어릴 적 서울에서 살았던 여러 가지 추억들을 심심풀이로 적어보세요' 하고 사다 준 빨간 표지의 공책이 눈에 띈다. '아, 저거다. 저 공책이 얼마나 나를 기다렸을까. 새해부터 일기라도 써야지' 하고 일기를 적기 시작했다.

어느 날, 혜경이가 와서 우연히 일기장을 보았다. 그리고 감동을 받았다고 가족 모임에서 읽어달라고 하였다. 그래서 두서없이 쓴 일기장을 온 식구가 모인 곳에서 약간 부끄러운 마음으로 읽어주었다. 때로는 와- 하며 웃기도 하고, 때로는 수긍하는 것 같기도, 노부부의 삶의 감추어진 면면을 보여준 것 같아 조금 쑥스럽다.

밤늦게 다 같이 윷놀이를 하였다. 놀이에 들어가면 동심으로 돌아간다. 이기면 신이 나고 지면 시무룩하고, 맑았다 흐렸다 마치 일기예보 같다.

시간 가는 줄도 모르고 놀다가 시계를 보니 어느덧 하루가 끝나가고 있다. 동심으로 돌아가 마음껏 소리 내고 웃으니 참 재미있었다. 그리고 모두 각 방으로 돌아가 꿈나라로 갔다.

1월 25일

오늘은(음력 12.16) 진짜 나의 귀 빠진 날이다.

아침부터 전화벨이 울린다. 둘째 형님의 생일 축하 말씀. 딸들, 며느리 쉴 새 없이 전화벨이 울린다. 지난 생일 모임에서 일기 속의 '전화기야 너도 심심하지' 구절을 읽었더니 다들 신경 쓰였나보다. 백 퍼센트 효과 봤네! 만세!

할아버지가 오전에 '오늘 저녁은 내가 맛있는 것 사줄게.' 그 한마디가 왜 그렇게 좋았는지. 늙으면 애가 된다더니. 마침 큰딸이 왔다. 아들네도 불렀다. 혜경이의 안내로 맛있는 양식 레스토랑에 갔다. 함께 식사를 하며 즐거운 시간을 보냈다. 돌아와 지난 주말 1박 2일 가족모임의 뒷이야기를 나누며 웃음꽃을 피웠다. 다들 너무 좋았다고. 행복했다고. 이 아름다운 사랑의 모임이 길이길이 이어지기를 빈다. 하나님의 은혜에 감사합니다.

1월 30일

어제 아버님은 오늘 친구분들과 점심 약속을 다녀오셨다. 오시는 길에 갈비탕 2인분을 사들고 오셨다. 그러고 하시는 말씀, 오늘 일기장에 남편이 마누라를 위하여 갈비탕 2인분(18,000원)을 사왔다고 적으라고. 우리는 한바탕 웃었다. 택배가 왔다. 받아보니 뜻밖에 가벼웠다. 무엇일까. 누가 보냈나. 호기심으로 뜯어봤다. 여러 가지 재료로 만든 과자와 손녀 여준이의 카드가 있었다. 경주 여행중 맛있는 과자점을 발견해 보낸다고……. 여준이의 따뜻한 사랑의 손길에 기분이 좋았다.

주일 예배를 드리러 단정하게 준비를 하고 현관문을 여니 "야" 깜짝 놀랐다. 손자 민석이가 서 있고 그 뒤에 아들 내외가 웃으며 서 있는 것이다. 오늘은 할아버님 교회에서 예배를 드리고자 왔다며 깜짝 쇼를 한 것이다. 3대가 나란히 앉아 예배를 드렸다. 은혜롭고 뿌듯했다. 마침 오늘은 여전도회 회원들이 선교 봉사차 헌신하고 있었다. 메뉴는 떡볶이, 카레밥, 짜장밥, 가격은 3,000원씩, 각자의 식성대로 맛있게 먹었다.

2월 2일

점심이 지나 오후에 구장로와 같이 마트에 쇼핑하러 나갔다. 주요 품목은 물고기 밥이다. 물고기 밥을 잔뜩 사고, 이전에 여기저기 눈도장을 찍어놓은 것을 산 것이 두 바구니다. 언제나 내 곁에서 양손으로 무거운 것을 들어다주는 일꾼이 곁에 있기에 든든하다(그러나 한편으로는 미안하기도 하다). 오늘도 자신이 일꾼 놀이를 한 것을 일기장에 써달라고 한다. 그럼요. 착한 영감이라고. 우리는 또 한바탕 웃는다. 이것이 노부부의 아름다운 모습이라고. 더하지도 덜하지도 말고 영원히 이 모습으로 살아요. 여보! 당신을 사랑해요.

2월 8일

오늘은 설날이다. 노부부는 마주 앉아 떡국을 먹었다. 이제 참말로 89세가 되는 날이구나. 하나님 감사합니다. 우리 부부 이때까지 지켜주시고 사랑해주심을 감사합니다.

구장로님, 올해도 때로는 남매처럼, 때로는 친구처럼, 때로는 철없는 아이들처럼 서로의 손을 꼭 잡고 아름답게, 행복하게 삽시다. 언제나 가냘픈 내 손을 꼭 잡아줘요! 응?

2월 10일

가위, 바위, 보, 야! 내가 이겼다. 아버지는 주먹, 나는 보자기. 웬 가위바위보냐고? 오늘 아침 상에 두 그릇의 국이 나왔다. 하나는 미역국, 하나는 떡국 국물, 누가 미역국을 먹을까? 아버지의 말씀에 내가 제의했다. 가위바위보를 해서 이긴 사람이 미역국을 먹기로. 아빠는 자신이 있으셨는지 흔쾌히 승낙해 일어난 장면이다. 양보는 없다. 이긴 나는 미역국을 맛있게 먹었다. 하하하 아이들이 보면 무엇이라고 평했을까.

2월 19일

구장로가 등산 갔다가 돌아오시며 한마디 한다. 맞이해주는 마누라가 있어 행복하다고. 걸어오면서 마누라가 없으면 어떻게 살까, 이것저것 생각하며 오셨단다. 나도 한마디 했다. 현관문을 열고 들어오는 당신이 있기에 기다림이 쓸쓸하지 않다고. 이제 영원이 갈 곳이 가까워 온다. 새해를 맞고서 더욱 아쉬움이 느껴지는 시간이요, 날이다. 오늘을 보람 있게, 아름답게, 즐겁게, 베풀며 살자, 내일도 없다. 이 시간이 귀하다. 고맙습니다. 감사합니다. 그리고 사랑합니다.

2월 27일

연산홍 한 송이가 외롭게 피어 있더니 옆 가지에 다른 한 송이가 활짝 웃으며 나타났다. 이제 두 송이가 피어 있다. 그동안 얼마나 외롭게 쓸쓸했을까? 이제는 손잡고 웃으며 마음껏 속삭여라. 인간도 혼자 있다는 것이 외로울 때가 있다. 곁에서 손 잡아주고, 이야기도 나누어주고, 때로는 싸우기도 하고, 또 바로 웃음으로 화해하고 이토록 변덕스러운 것이 바로 인간의 삶이다.

3월 8일

저녁을 먹고 나니 전화벨 소리가 울린다. 누구일까?

받고 보니 "숙진아", 누구지? "나 기정이야!" 그때서야 "야 반갑다!" 했다.

기정이는 경기고녀 동창이요, 이대 가정과의 동창이다. 서울에서 동창회 때마다 한 달에 한 번씩 만나 수다를 떨던 친구이다. 서울을 떠나온 지 어연 30년이 가까워오니 목소리도 늙었고 모습도 가물가물하다. 옛날이야기부터 근래의 사는 모습, 다른 친구들의 소식까지 30분이 멀다 하고 한참 이야기를 나누었다. 아흔이 가까운 할머니들이 소꿉놀이 하는 어린아이처럼 "얘", "쟤" 하고 나니 다시금 몇 십 년은 젊어진 것 같다. 고맙다 기정아, 잊지 않고 기억하여 목소리를 들려주니. 자주 소식을 전하자. 친구가 좋다.

대전에는 동창 친구들이 하나도 없기에……. 때로는 외롭고 그리울 때가 있거든.

4월 1일

봄! 개나리가 노랗게 옷을 입었고 진달래는 연분홍색으로 방긋 웃고 벚꽃은 나도 뒤질세라 붉은 꽃봉오리를 바람에 살랑거린다. 현관 앞에 목련이 활짝 피었더니 한 잎, 두 잎 떨어져 마당을 지저분하게 눈살을 찌푸리게 한다.

우리의 인생은 이런 것이지.

4월 19일

TV에서 '오월드'의 화사하게 핀 튤립 전시장을 보았다.
점심 먹은 후에 아버지는 내 마음을 어찌 아셨는지
"우리 드라이브할까?" 하셨고, 난 "그래요. 오월드 가요!"라고
답했다. 우리 집에서 20분도 안 걸리는 곳에 있는 오월드는
가을마다 국화 축제를 가던 곳이라 낯설지가 않다. 입장료는
5,000원, 둘이 10,000원. 들어가자마자 "야!!" 그 이상의
형용사가 없다. 여기도 튤립, 저기도 튤립. 튤립이 각양각색의
옷을 입고 보는 사람의 마음을 황홀하게 해주었다.
역시 꽃은 사람을 기쁘게 해준다. 나이는 90세에 가까워도
마음은 청춘이요. 오늘도 노부부는 젊은 아이들 못지않게
콧바람 쐬며 즐거운 하루를 보냈다.

5월 1일

오늘은 하루 종일 여준이가 놓고 간 『그때, 우리 할머니』의 원고를 읽고 수정하였다. 크게 감동받을 이야깃거리가 없는가 싶어 아쉬움을 느낀다. 한편으로는 나의 삶의 단면을 드러내는 것이 조금 부끄럽기도 하다. 그래도 나의 이야기를 글로 읽은 감회가 새롭다. 아침에 일어나서부터 구장로와 계속 원고를 읽어보고 함께 이야기하였다. 어느덧 저녁이 되니 막내가 외식하자며 찾아왔다. 우리는 오랜만에 고개 위에 있는 떡갈비 집에 갔다. 오늘따라 더욱 맛있게 먹었다. 아버지도, 막내딸도, 엄마도, 가끔 외식하며 기분 전환도 하고 영양 보충도 하고 참 좋다. "얘들아 가끔 맛있는 곳으로 데리고 나가줘! 응?"

5월 14일

오늘은 손녀 여준이가 책을 위해 마지막 인터뷰를 하러 와서
이야기를 하다 막내딸 수경이에게 이런 질문을 받았다.
내 삶 중에서 가장 행복했던 순간이 언제였느냐고. 난 잠시
고민을 하다가 요즘이 가장 행복하다고 대답하였다.
교회에 나가면 종종 젊은 부부가 와서 이런 이야기를 하고 간다.
자기들도 우리처럼 건강하게 늙어서 같이 교회 다니고 싶다고.
할아버지와 내가 보기 좋은가보다. 우리가 건강하게
젊은 청년들을 편하게 대하니까 그렇게 생각하는 것인가.
그런 것을 볼 때면 내가 그래도 잘 살아 왔구나 하는 생각이
든다. 아직도 함께 드라이브 나가줄 할아버지 계시지,
남편에게 하루에 세 끼는 차려줄 수 있는 건강도 있지,
우리 자녀들, 손주들 모두 행복하게 살고 있지.
이보다 행복한 게 어디 있을까.

지금 이 순간, 89세의 하루하루가 가장 행복하다.

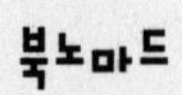
북노마드